Marianne von Wolffersdorff

# Von Elfen und Nebelfrauen

Sieben Märchen
um Schloss Promnitz

DONATUS

Bibliografische Information der Deutschen Nationalbibliothek:
Die Deutsche Nationalbibliothek verzeichnet diese Publikation
in der Deutschen Nationalbibliografie; detaillierte bibliografische Daten
sind im Internet über www.dnb.de abrufbar.

## Impressum


**Abbildungen:** Steffen Gröbner
**Gestaltung:** spitzenton.design
**Verlag:** Donatus-Verlag, Niederjahna
**Herstellung:** BoD - Books on Demand, Norderstedt
**ISBN:** 978–3–946710-39-4

# Inhaltsverzeichnis

Marius
20
Jürgen

# Der Krötenbrunnen

Es ist noch gar nicht so lange her, keine hundert Jahre vielleicht, als der letzte sehr schlimme Krieg ein Ende fand. Viele Schlachten und Feldzüge hatte Schloss Promnitz in den vergangenen Jahrhunderten erlebt und gesehen, aber dieser Krieg war der bitterste gewesen. Viele Menschen haben diesen Krieg nicht überlebt, und Unzählige mussten ihre Heimat verlassen und fliehen. Vor allem aus dem Osten sind die meisten Vertriebenen mit ihrem Hab und Gut geflüchtet, und einige Trecks kamen eines Tages hier am Schloss Promnitz an. Sie waren müde und hungrig und wollten eine Rast einlegen, bevor sie weiterziehen mussten, um eine neue Heimat zu finden. Die mit Gepäck hochbeladenen Wagen wurden auf dem großen Hof abgestellt und die Zugtiere, so gut es ging, versorgt.

Zwischen den vielen Leuten irrte ein kleines Mädchen umher. Sie trug einen Rucksack auf ihrem Rücken und ihre Hände umklammerten eine Puppe. Es war eine alte, lädierte Puppe mit zerzaustem Haar und schmutzigem Kleidchen aus dem nur ein Bein hing.

Das kleine Mädchen hatte man am Straßenrand gefunden, als der Treck wieder einmal ins Stocken geraten war. Als es gefragt wurde, wie es hieße, antwortete sie: „Nora“. „Und weiter?“ Sie wusste es nicht. „Und wo kommst du her?“

Das kleine Mädchen schüttelte stumm den Kopf, denn auch das wusste sie nicht. Aus Mitleid nahm man sie auf einen der Wagen mit und wollte sie später in irgendeinem Kinderheim abgeben.

Allmählich wurde es dunkel im Schlosshof und nachdem die Menschen zum Abendbrot von ihrem Proviant gegessen hatten, suchte sich jeder einen Schlafplatz. Wenn man Glück hatte, fand man ein Plätzchen in den Ställen oder sogar in den Räumen des Schlosses. So wurde es nach und nach ruhig auf dem großen Hof. Es war die Nacht vor dem Heiligen Abend und man sagte, dass in dieser Nacht Träume wahr werden können.

Und das kleine Mädchen? Niemand vermisste es so recht – sie wird schon irgendwo untergeschlüpft sein.

Ganz alleine hatte Nora eine windgeschützte Nische zwischen der Rundung eines hoch gemauerten Brunnens und der Außenmauer des Schlosses gefunden.

Ein Brunnen erweckt in jedem Menschen eine magische Anziehungskraft. Man möchte einen Blick hinein werfen und schaudert vor der Tiefe, dass es einem schwindelt. Und das weit unten stehende schwarze Wasser, birgt es gar ein dunkles Geheimnis? Weil auch kleine Mädchen neugierig sind, stand Nora auf, kletterte die Quadersteine hinauf, die wie eine Treppe den Zugang zum Brunnen erleichtern sollten, um bei Bedarf Wasser zu schöpfen. Sie beugte sich über den Brunnenrand und erschauerte. Denn in diesem Augenblick schickte der Mond einen seiner Silberstrahlen direkt in den Brunnen und weiter bis zum leise glucksenden Wasser hinab. Geheimnisvoll glitzerte es mit tausenden kleinen Lichtern.

Nora stellte sich auf die Zehenspitzen, streckte sich noch ein Stückchen höher über den Steinrand, um noch besser hinunterschauen zu können, um die wundersamen Lichter zu bestaunen, die so tief unten auf dem dunklen Wasser tanzten.

Und da passierte es! Die Puppe löste sich aus ihrer Hand und fiel mit einem lautlosen Sturz in die Tiefe. Nora war zu Tode erschrocken, und egal wie oft sie auch versuchte, in die Tiefe des Brunnens zu schauen, er war in diesem Augenblick ein endlos schwarzes Loch. Denn der Mond hatte sich hinter dicken Wolken zurückgezogen und der Zauber des Augenblicks war erloschen. Traurig kletterte Nora die Steine wieder hinab, kauerte sich in die Mauernische und weinte bittere Tränen um den Verlust ihrer Puppe, bis sie vor Erschöpfung einschlief und in das Land der Träume hinüberglitt. Aber Träume können trösten, weil die darin verwobenen Erlebnisse wie Märchen scheinen.

Als die Nacht sich der zwölften Stunde näherte, kletterte eine dicke und überaus hässliche Kröte aus dem Brunnen. In ihrem Maul hielt sie die Puppe, die an einem der unregelmäßig behauenen Steine hängen geblieben war. Die Kröte hatte das Unglück beobachtet und die Puppe vor einem weiteren Sturz bewahrt, indem sie sofort nach ihr schnappte. Sie setzte sich auf den Brunnenrand, legte die Puppe vor sich hin und glotzte sie mit ihren Augen starr und unbeweglich an. Und während sie da so hockte, als ob sie auf etwas warten würde, wurde sie größer und größer, bis sie so groß war, wie ein schweres Laib Brot!

Da begann die Uhr vom Schlossturm zwölf Mal zu schlagen und aus dem warzigen Krötenkörper erwuchs Stück für Stück ein wohlgestalteter Jüngling. Doch beim zwölften Glockenschlag war die Verwandlung plötzlich beendet, so dass auf den Schultern der hässliche Krötenkopf thronen blieb. Der junge Mann dehnte und streckte sich, nahm die Puppe wie einen gewonnenen Schatz und sprang mit langen Sätzen zu der breiten Freitreppe des Schlosses, wo jetzt alles hell erleuchtet war. Viele Gestalten eilten wie er die Stufen empor, bis zum festlich geschmückten Saal. Hier spielte bereits die Musik, es wurde getanzt, gelacht und geplaudert. Das Klirren der Gläser, das Rascheln der seidenen Ballkleider, das Knarren der Lederstiefel von den schneidigen Tänzern, das ganze Hin- und Hergewoge der Paare – alles ballte sich zu einem unwirklichen Bild zusammen.

Der junge Mann mit dem Krötenkopf mischte sich unter die Tanzenden, keinen schien sein hässliches Gesicht zu stören. Während er mit der Puppe tanzte, geschah plötzlich ein Wunder, denn der Puppenkörper begann sich in seinen Armen zu regen und fing an zu wachsen, bis die Puppe so groß war wie er. Ihre zerzausten Haare ordneten sich und lagen nun als goldene Locken auf ihren Schultern, und das schmutzige Kleid verwandelte sich in ein Ballkleid aus feinster weißer Spitze. Wunderschön und lieblich sah sie aus. Aber ihr fehlte immer noch ein Bein und mit nur einem Bein kann man nicht tanzen. Doch ihr Tänzer hielt ihren Körper so fest in seinen Armen, dass sie leicht wie eine Feder mit ihm über das Parkett schwebte. Sie strahlte ihn glücklich an, denn es machte ihr nichts aus, das sie einen Krötenkopf anlächelte, und ihm war es egal, dass sie nur ein Bein besaß.

Ganz plötzlich verstummte die Musik, erstarb das Geplauder und Gelächter, erloschen die Kerzen. Man eilte zum Saal hinaus, die Treppen hinab und aus dem Portal in die Dunkelheit. Nach ein paar Metern waren die Gestalten in Luft aufgelöst und schwebten als luftige Schleier davon. Waren es die Seelen der Menschen, die in all den Jahrhunderten hier gelebt hatten und noch einmal Feste feiern wollten, wie zu ihren Lebzeiten?

Da schlug es ein Uhr. Das Schloss lag wieder einsam und finster da. Der junge Mann eilte zum Brunnen, das Mädchen fest an sich gepresst, da er spürte, dass seine Erlösung in diesem Augenblick gelingen könnte. Denn auf ihm lastete seit langer Zeit ein grausamer Fluch, den einst eine böse Fee ihm angetan hatte, weil er ihre garstige Tochter nicht hatte heiraten wollen. Sie verzauberte ihn zur Strafe in eine hässliche Kröte, und er sollte erst wieder zum Menschen werden, wenn er eine junge Frau findet, die ihn auch als Kröte lieben würde. Jetzt hatte er eine Braut gefunden, die ihn ohne Ekel trotz seines hässlichen Krötenkopfes beim Tanzen lieblich angelächelt hatte und die sein Werben annahm, als er sie fragte, ob sie bei ihm bleiben würde.

„Du hast einen Krötenkopf und mir fehlt ein Bein, deshalb gehören wir zusammen", war ihre schlichte Antwort gewesen. So wurde die Wahrsagung der bösen Fee, dass er so hässlich nie eine Frau finden würde, hinfällig und der Fluch erlosch in diesem Augenblick.

Der Mond schien wieder durch die Wolken und auf die zwei Gestalten, die sich gerade zu Menschen verwandelt hatten. Als sie ihn küsste, verlor er seinen Krötenkopf und blieb von nun an ein edler junger Mann mit hübschem Gesicht, das jetzt vor Glück strahlte. Und sie war nicht mehr die schmutzige alte Puppe mit nur einem Bein – sie war zu einer lieblichen jungen Frau geworden, der wie durch ein Wunder kein Bein mehr fehlte. So wirkte der Zauber dieser besonderen Nacht für zwei junge Menschen, die jeder ein gutes Herz besaßen. Der junge Mann nahm seine hübsche Braut an die Hand und beide gingen noch vor Tagesanbruch zurück in das Schloss, in dem sie fortan lebten. Feste wurden wieder gefeiert, aber mit Lebenden, während die toten Seelen für immer in den ewigen Ruhestätten ihren Frieden fanden.

Auf dem Brunnenrand aber saß von diesem Tag an eine versteinerte Kröte und mancher raunte, dass dies die erstarrte böse Fee sei, die früher arme Seelen verzaubert hatte – sie wurde von ihrem eigenen Fluch getroffen und sitzt nun in den Körper der Kröte eingesperrt als Versteinerung auf dem Brunnenrand.

Inzwischen war es Morgen geworden und eine fahle Wintersonne stieg über die steilen Schlossdächer. Nora erwachte und blickte sich verwundert um. Hatte sie das alles eben geträumt oder war dieses Märchen in dieser Nacht wirklich geschehen? Auf dem großen Gutshof begann ein geschäftiges Treiben der Menschen, die nun aufbrechen mussten.

„Da bist du ja", hörte sie eine Stimme. Eine Frau im abgewetzten Pelzmantel und einem Wolltuch auf dem Kopf stand vor ihr. „Wir haben überall nach dir gesucht, Kind. Alles ist schon gepackt, wir müssen weiterziehen." Sie nahm Nora an die Hand und zog sie eilig bis zum ersten Wagen. Dort wurde sie zwischen Betten und Teppichen gehoben, man gab ihr ein Butterbrot in die Hand und schon setzte sich der Treck in Bewegung.

Den wunderschönen Traum von dem alten Märchenschloss am Fluss, die Kröte, die sich zu einem edlem Jüngling zurückverwandelt hatte und ihre alte Puppe, die ein liebliches Edelfräulein wurde – diesen Kindertraum hat Nora nie vergessen und behielt ihn für immer in ihrem Herzen. Viele Jahre später erzählte sie ihren Kindern diese Geschichte und diese haben sie aufgeschrieben und liebevoll bis heute bewahrt.

# Rosalinde

Es gab eine Zeit, als das alte Schloss Promnitz am Elbefluss nicht mehr von Menschen bewohnt war. Seitdem stand es ganz einsam, dunkel, leer und nutzlos da, und es regnete und schneite durch die offenen Fenster und die Löcher im Dach. All seine schönen Verzierungen an den Giebeln und Türen waren nach und nach hinuntergefallen und zu kleinen Stücken am Boden zerbrochen, und die einst frischen bunten Farben hatte der Regen abgewaschen – nun waren die Wände grau und schmutzig.

„Ach", seufzte das alte ehrwürdige Schloss traurig und träumte von seinen schönen glanzvollen Zeiten, die es hier einmal gegeben hatte, als noch Feste im Saal gefeiert wurden und fröhliches Kinderlachen durch die Flure schallte!

Damals gehörte das Schloss einem jungen glücklichen Paar, dem bald als einziges Kind ein kleines Mädchen geboren wurde, das sie Rosalinde nannten. Weil die junge Mutter Rosen über alles liebte, wurde an einer sonnigen Stelle der Schlossmauer neben einer alten Steinbank ein rosaroter Rosenbusch gepflanzt. Im Hof aber ließ der Vater für die Neugeborene am gleichen Tag auch eine Linde in die Erde setzen, denn dieser Baum sollte Schutz und Frieden symbolisieren. Die Linde und der Rosenbusch gediehen prächtig und mit jedem Jahr wurden sie größer und schöner und trugen im Sommer duftende Blüten.

Rosalinde war ein fröhliches Kind, das von jedermann geliebt wurde. Sie sprang und tanzte durch die Räume und sang dabei eines der vielen Kinderlieder, die ihr ihre Mutter beigebracht hatte. Am glücklichsten aber war sie draußen im großen Garten, dort hüpfte sie von Beet zu Beet

und beobachtete die Schmetterlinge, Bienen und Hummeln, wie sie sich an Pollen und Nektar labten.
Im Sommer saß sie oft mit ihrer Mutter unter der Linde und gegen Abend besuchten sie den Rosenbusch an der alten Mauer, wenn er, übersät mit rosaroten Blüten, seine ganze Schönheit zeigte. Jedes Jahr im Frühling hörte Rosalinde in aller Morgenfrühe immer den Kuckuck rufen. Er saß dann in einer der riesigen alten Pappeln am Flussufer und ließ seine monotonen Rufe in die Stille des beginnenden Tages ertönen, um dann urplötzlich seine Kuckucksrufe abzubrechen und am nächsten Morgen wieder damit erneut zu beginnen. Deshalb wurde ihr Lieblingsgedicht das vom Kuckuck. Die Verse musste ihr die Mutter so oft vortragen, bis auch sie das Gedicht auswendig hersagen konnte:

**Der Reim vom Kuckuck zu Promnitz**

Der Kuckuck ist ein fauler Wicht,
er mag nun mal das Brüten nicht,
und legt sein einzig großes Ei
ins fremde Nest und lacht dabei.

Gleich im schnellen Flug zurück,
sie bemerkt das Unglück nicht,
kommt die Meisenmutter dann
von der Futtersuche an.

Lässt sich sacht auf` s Nestchen nieder,
breitet sorgsam ihr Gefieder,
dass bedeckt sei jedes Ei,
auch das des Kuckucks ist dabei.

Es vergehen Tage, Wochen
und dann komm´ sie rausgekrochen,
klopfend, pickend und sich schüttelnd,
aus jedem Ei ein Küken rüttelnd.

Eines ist besonders groß,
die Vogeleltern staunen bloß,
denn es wächst und wird noch größer
und mit jedem Tag gefräßiger.

Weil es braucht vom warmen Nest
mehr Platz als aller Kinder Rest,
deshalb wirft es, oh welch` Graus
alle andern Küken raus!

Die Meiseneltern mühn sich munter,
füttern Mücken rauf und runter,
und doch sind beide ach` so klein,
viel kleiner als das Kuckucklein.

Der große Kuckuck in der Nähe,
tut so, als ob es recht geschähe,
und ruft sein Kuckuck in den Morgen,
lässt and`re für sein Kindlein sorgen.

Und die Moral von der Geschichte:
Überall gibt's faule Wichte!

Die Jahre reihten sich aneinander und Rosalinde wuchs zu einem hübschen, jungen Mädchen heran. Doch im Leben kommt es meistens anders als man denkt: Eines Tages kehrten ihre Eltern von einer Reise nicht mehr zurück, denn durch ein Unglück war ihre Kutsche bei einem Unwetter umgestürzt und beide hatten dabei den Tod gefun-

den. So war Rosalindes behütete Kindheit von einem Tag auf den anderen beendet.
Sie lebte nun mit ihrer alten Amme allein im Schloss und ein paar getreue Leute sorgten, so gut es ging, für ihren Lebensunterhalt. Ein Verwalter versorgte das Rittergut und gab Rosalinde nur wenig von den Erträgen ab. So lebte sie mehr schlecht als recht und geduldet auf dem altehrwürdigen Schloss. Von dem alten Pfarrer, der oft ihre Eltern besucht hatte, lernte sie Lesen und Schreiben und ihre Amme zeigte ihr, wie man einen Haushalt führt.
Mit der Zeit war der Rosenbusch über die Mauer gewachsen und hatte die Steinbank wie eine Laube eingeschlossen. Es kamen viele Menschen, um seine Pracht mit den großen gefüllten Blüten und den dunkelgrün glänzenden Blättern, die tiefen Schatten spendeten, zu bewundern und den Duft, den er versprühte, einzuatmen. Doch wenn sie alle am Abend gegangen waren, saß Rosalinde oft ganz alleine auf der Bank und dachte traurig an ihre armen Eltern, die nun schon so lange tot waren.
Aber eines Tages änderte sich ihr Leben! Denn es gab viele Jünglinge, die sich um Rosalinde bemühten und sich mit der Gutstochter ein reiches Erbe erhofften. Unter den Bewunderern war auch ein junger Maler, der gerade die Gegend bereiste und von dem wundersamen Rosenbusch gehört hatte. Da sah er Rosalinde im goldenen Abendsonnenschein allein auf der Bank sitzen, umgeben von den vielen rosaroten Blüten. Überwältigt von dem lieblichen Anblick blieb er lange unbeweglich und unbemerkt stehen, und sein Herz begann heftig zu schlagen. So würde er die junge Frau gerne auf ein Bild bannen, um den Augenblick für die Ewigkeit festzuhalten.
Er trat zu ihr hin, grüßte höflich und brachte seine Bitte vor, sie malen zu dürfen. Rosalinde nickte verlegen. „Dann komme ich morgen mit meiner Staffelei und werde

sofort beginnen," sagte er erfreut und hätte sich am liebsten gleich zu ihr auf die Bank gesetzt. Doch das wäre nicht schicklich gewesen und so entfernte er sich mit einer artigen Verbeugung.

Als Rosalinde ins Schloss zurückgegangen war, erzählte sie sogleich ihrer Amme von dem fremden Maler und seinem Wunsch sie auf einem Bild zu verewigen. Die Amme, die wie eine Mutter all die Jahre für sie gesorgt und sie beschützt hatte, war einverstanden, doch nur, wenn sie mit einer Handarbeit auch auf der Bank sitzen würde. Denn zur damaligen Zeit war es nicht erlaubt, dass ein junges Mädchen mit einem unbekannten Mann alleine Zeit verbringt.

Der Maler kam nun jeden Tag auf seinem Pferd angeritten und es dauerte viele Wochen, bis er das Bild zu Ende gemalt hatte. Immer wollte er noch etwas verbessern und verschönern und verzögerte so die Zeit der Fertigstellung. Wie so oft war die Amme mit ihrer Handarbeit während der Malstunden eingenickt. Ihr Kopf sank dann hinunter zur Brust, bis sie nach kurzer Zeit mit einem „Oh" wieder erwachte, sich streckte und meinte, für heute sei genug gemalt worden. Freundlich aber bestimmt wurde der junge Mann von ihr dann augenblicklich verabschiedet und fortgeschickt.

Der Sommer war schon fast vorüber und ein allerletztes Mal wollte der Künstler noch ein bisschen an dem Bild arbeiten. Bei seinen Pinselstrichen hatte er immer gerne von den fernen Ländern erzählt, in denen er überall schon gewesen war. Jetzt war er aber des Reisens müde und wollte in seine Heimat zurückkehren, wo man schon sehr auf ihn wartete.

So saß Rosalinde für das Bild ein letztes Mal mit ihrer Amme auf der Bank, die nach geraumer Zeit wieder über ihrer Stickerei eingenickt war.

Doch dieses Mal erwachte sie nicht mehr mit ihrem verlegenen „Oh" – stattdessen kam ein tiefer Seufzer aus ihrem Mund und ihren Händen entglitt das gestickte Deckchen.

Ihr Körper neigte sich schwer zur Seite, sodass Rosalinde sie erschrocken halten musste. Der junge Mann erkannte gleich, dass die Amme in diesem Augenblick ihr Leben ausgehaucht hatte. Er holte sofort Hilfe und versuchte Rosalinde zu trösten.
Der herbeigerufene Pfarrer sprach ein letztes Gebet und kümmerte sich nun um die fassungslose Rosalinde.
Da hielt der junge Maler es für das Beste, sich zu verabschieden, um die Trauer des Hauses nicht zu stören. Dabei blickte er tief in Rosalindes Augen und drückte ihre Hand besonders lang und innig, sodass Rosalinde rot vor Verlegenheit wurde und ihr gleichzeitig die Tränen um den Verlust ihrer geliebten Amme über ihre Wangen liefen. Er packte traurig seinen Malkasten, die Staffelei und das Bild hinter sich auf das Pferd, winkte ihr noch einmal zu und ritt von dannen.
Jetzt war Rosalinde ganz allein im Schloss, denn Verwandte hatte sie nicht mehr, und der Verwalter kümmerte sich nicht um das verlassene Fräulein. Wie sollte es nun weitergehen? Der Sommer hatte dem Herbst die Hand gereicht, der mit den ersten kühlen Tagen, viel Regen und frischem Wind das Wetter nun bestimmte. Die Linde warf ihre gelben und braun gefärbten Blätter ab, und der Rosenbusch trotzte nur noch mit wenigen Blütenknospen der herbstlichen Kühle, bevor er sich wie jedes Jahr, kahl geworden, zur winterlichen Ruhe zurückzog.
Rosalinde fühlte sich im Schloss einsam und verlassen. Sie wanderte durch die Räume und hätte sie gerne mit Leben erfüllt. Wann war hier das letzte Mal Musik erklungen? Wann war hier das letzte Mal getanzt worden? Sie konnte sich nicht erinnern. Sie vermisste ihre Eltern und die liebe alte Amme mehr denn je, und ihr wurde plötzlich klar, dass sie selbst etwas in ihrem Leben ändern musste. Wenige Tage später, nennen wir es Schicksal oder die

Macht des Himmels, stand der junge Maler wieder vor der Tür. Er sei inzwischen zu Hause gewesen, was nicht allzu fern von hier sei, und habe das Bild im schönsten Raum seines Hauses aufgehängt. Und nun sei alles für seine Hochzeit vorbereitet.

Rosalinde blickte ihn überrascht an, worauf er sie mutig bat, ihn als seine Braut zu begleiten, zu jenem Ort, wo er zuhause sei. Ihr klopfte das Herz voller Erregung, denn sie hatte viel an den Maler denken müssen und sich mehr und mehr gewünscht, ihn wiederzusehen. Voller Freude und Glück war ihre Antwort, dass sie gern mit ihm kommen wolle, denn hier lebte die Trauer um die lieben Menschen, die sie verloren hatte. Ihre getreuen Leute und der Verwalter versprachen, den Gutshof für sie zu versorgen und auf das alte Schloss aufzupassen. „Und nächstes Jahr, wenn der Rosenbusch wieder blüht und die Linde duftet, komme ich, um beide zu besuchen“, versprach Rosalinde beim Abschied und nahm einen Rosenzweig und einen Lindenzweig mit.

Doch sie kam nicht im nächsten Sommer, auch nicht im übernächsten, sie kam überhaupt nie wieder, denn der Verwalter hatte nach Ihrer Abreise das alte Schloss verkauft und die Kunde davon war bis zu ihr gedrungen. Der Rosenbusch hatte wunderschön blühend umsonst auf sie gewartet und die Linde ihre honigsüßen kleinen Blüten vergebens im Wind schaukeln lassen. Im dritten Winter schien der Rosenbusch zu verdorren, denn seine Zweige schlugen im Frühling nicht mehr aus und keine Knospe, kein Blatt erschien.

Einige Zeit stand der alte Rosenbusch noch da mit seinem trockenem Geäst, das dürr und ohne Leben über der steinernen Bank ragte und im Winterwind an der alten Mauer kratzte. Die Linde aber wurde im folgenden Sommer vom Blitz getroffen und in der Mitte gespalten. Der neue

Besitzer des Schlosses sägte den trockenen Busch ab, fällte die tote Linde und verheizte alles als Brennholz.

Rosalinde aber konnte ihr Schloss nie vergessen und erzählte ihren Kindern von dem duftenden Rosenbusch, der blühenden Linde und dem Reim des Kuckucks zu Promnitz. Diese erzählten es ihren Kindern und die, den ihrigen. Und so wurde Rosalindes Geschichte zu einem Märchen.

Es vergingen viele Jahre in denen das alte Schloss leer stand, nachdem der letzte Schlossbewohner gestorben war. Doch eines Tages kamen die Kindeskinder von Rosalinde an den heimeligen Ort zurück und suchten nach der Stelle, wo die Linde und der Rosenbusch gestanden hatten. Da erwachte das Schloss plötzlich aus seinen Träumen und Erinnerungen, denn es gab mit einem Mal neues Leben in all seinen Räumen! Die Fenster wurden repariert, die Löcher im Dach abgedichtet und der verwilderte und zugewachsene Garten erhielt bald seine einstige Schönheit zurück. Rosenstöcke und Rosenbäumchen wurden nun rund um das ganze Schloss gepflanzt und auf dem Hof kam wieder eine junge Linde in die Erde, die schon im nächsten Sommer erblühte.

Ein besonders schöner Rosenbusch aber fand seinen Platz neben der einsamen Steinbank an der Mauer, so wie das einst der Maler auf seinem Bild festgehalten hatte. Und sicher wird dort eines Tages wieder eine Rosalinde sitzen.

„Ach“, seufzte das alte Schloss glücklich, „es wird für mich eine neue wunderbare Zeit geben, denn Promnitz ist wieder zu einem Schloss der Rosen geworden.“ Und damit beginnt vielleicht wieder ein neues Märchen, denn Märchen und Geschichten sterben eben nie.

# Das Taubenhaus im Hof

Viele Jahrhunderte ist es her, da gab es eines Tages hellste Aufregung im Schloss Promnitz an der Elbe, denn der König des Landes hatte sich zu Besuch angesagt. Schon vorher war das Schloss aufs Feinste herausgeputzt und extra umgebaut worden – mit einem barocken Prachtportal als Eingang und breiten bequemen Treppen. Die Fassaden wurden mit Stuck verziert und neu mit Farbe gestrichen – alles für den König. Und nun sollte er kommen!
Die Leute liefen durcheinander, um noch zu fegen, zu putzen und den Hof aufzuräumen, kurz, um alles aufs Beste herzurichten, wenn der hohe Gast mit seinem Gefolge eintreffen würde. In der Küche machte die Mamsell sich Gedanken, was der König gerne essen würde. Sollte sie lieber bei Hofe nochmals nachfragen, was sie kochen solle oder kommt der Leibkoch persönlich, um die Lieblingsspeisen seines Herrn zuzubereiten?
„Nun geh mir lieber aus dem Weg und kümmere dich um deine Tauben. Ist das Taubenhaus gesäubert? Sind alle Schalen mit frischem Wasser und Futter gefüllt?“, rief sie dem Mädchen zu, das gerade zur Küche hereinkam.
Das Mädchen, machte einen Knicks, sie hatte doch eigentlich nur schauen wollen, ob etwas zu Essen für sie da war.
„Na komm, hier ist noch etwas von der guten Suppe übrig, stärk´ dich erstmal“, sagte die Mamsell, weil es ihr leid tat, dass sie eben so barsch gewesen war. Denn jeder mochte die bescheidene, fleißige Liesel gut leiden. Von den Leuten, die im Hof, in den Ställen und auf den Feldern arbeiteten, wurde das Mädchen nur Taubenliesel genannt, denn sie sprach wenig und kümmerte sich lieber um die Tauben. Als Bettelkind hatte sie vor ein paar Jahren vor

der Küchentür gestanden, und man hatte ihr aus Mitleid etwas vom Essen abgegeben. Von diesem Tag an war sie einfach nicht mehr fortgegangen. Wo sollte sie auch hin, denn ein Zuhause besaß sie nicht. Schließlich gab man ihr die Aufgabe, die weißen Tauben des Gutsherrn zu versorgen.
Liesel war dankbar, dass sie zu essen bekam und in einem kleinen Stübchen auf dem Dachboden einen Schlafplatz hatte. Fortan hielt sie das Taubenhaus sauber und pflegte mit großem Eifer die zwölf schneeweißen Fächertauben ihres Herrn. Ja, sie gab bald sogar jeder einen Namen, lernte sie doch schnell alle zu unterscheiden. Und mit der Zeit wurde das schöne Schloss Promnitz mit seinem Gutshof zu ihrer Heimat.
Auch Liesel war über den bevorstehenden Besuch aufgeregt, da sie noch nie einen König gesehen hatte, und sogar die Tauben schienen unruhig zu sein.
Und nun war endlich der große Tag da! Der Landesherr sollte jede Minute eintreffen, und plötzlich war es tatsächlich soweit. Als erstes fuhr seine Kalesche durch das Hoftor, gefolgt von einem Tross kleinerer Kutschen und Reitern in prächtigen Uniformen auf stolzen Pferden. Alle Bewohner des Gutshofes erwarteten den hohen Gast und standen im Hof Spalier. Taubenliesel aber hatte sich versteckt und beobachtete alles aus der Ferne.
Steifbeinig und übel gelaunt stieg der König aus und sah sich missmutig um. Er hatte in der Nacht schlecht geschlafen, denn sein Magen hatte ihm Probleme bereitet. Nun schmerzten seine Füße und im Kopf hatte er einen merkwürdigen Druck. Von all diesen Unpässlichkeiten hatte ihn sein Leibarzt nicht befreien können. Deshalb war des Königs Laune schlecht und besserte sich zunächst auch nicht, obwohl man alles tat, es ihm bequem und recht zu machen. Seine Gesichtszüge blieben mürrisch, während er über den Hof blickte, und er erweckte den Ein-

druck, dass er diesen Ort schnell wieder verlassen wollte. Man führte ihn durch den langen Gang des Schlosses über die extra für ihn gebaute, neue breite Treppe, die zu dem in der ersten Etage gelegenen Festsaal führte.
Gelangweilt blickte er durch eines der großen Fenster zum Hof hinaus. Aber auf einmal hellte sich sein Blick auf. Dort unten stand ein kleines Mädchen in zerschlissenen Kleidern mitten im Schlosshof und breitete ihre Arme weit aus. Unzählige weiße Tauben flogen um sie herum und setzten sich dicht nebeneinander auf ihre Arme, Schultern und sogar auf ihren Kopf. Das Mädchen lachte und schien mit den Tauben zu reden, dann begann sie sich mit ihnen im Kreis zu drehen. Dabei blieben die Tauben sitzen, legten ihre Köpfchen weit in den Nacken zurück, beinahe bis zu ihren Schwanzfedern, die aufgerichtet wie ein halbrunder Fächer ihre kleinen Körper zierten.
„Das ist ja ein Taubenkarussell", rief der König begeistert, denn so etwas hatte er noch nie gesehen! Und seine Stimmung war augenblicklich gut. Auch der Gutsherr und die Dienerschaft bemerkten, das sich das Befinden des Königs gebessert zu haben schien, denn der Monarch lobte sogar das kleine Zwischenmahl, das ihm serviert wurde.
Später hatte er das Feuerwerk auf dem Elbefluss als Abschluss des Festes bequem in einem Sessel sitzend durch ein großes Fenster beobachten können und plauderte vergnügt mit den anderen Gästen. Doch letztendlich wurde es spät, und es war an der Zeit, endlich wieder aufzubrechen. Da besann er sich plötzlich des kleinen Mädchens und bat darum, das man sie ihm vorstellen solle, denn ein Gespräch mit so einem einfachen Geschöpf, das weder gut gekleidet war, noch eine gepuderte Perücke besaß, erschien ihm als Abschluss des Abends passend.
„Wer bist du und wie heißt du, mein Kind?", fragte er das Mädchen als es in seinen Lumpenkleidern vor ihm stand

und verlegen knickste. „Taubenliesel", antwortete sie nur knapp, knickste nochmals und sah ihn dabei mit großen Augen an.

„Mit deinen Tauben hast du dich aber länger unterhalten", erwiderte der König amüsiert und wandte sich an seinen pikierten Kammerherrn.

„Ich möchte das Mädchen mit den Tauben an meinem Hof mitnehmen", sagte er. „Sie soll dort mit ihren Kunststücken für Aufmunterung an langweiligen Abenden sorgen."

Sein Kammerherr und seine Höflinge blickten ihren König voller Entsetzen an.

„Sie wird in meiner Kutsche mitfahren", lautete sein weiterer Befehl.

Ein Raunen ging durch die Menge. Dieses schmutzige Geschöpf sollte in der Kutsche des Königs mitfahren? Unfassbar, ein Bettelkind direkt beim König – doch niemand wagte ihm zu widersprechen.

Die Dienerschaft zog ihr schnell ein einfaches, aber sauberes Kleid über, sodass sie nicht verschmutzt und übelriechend in der Nähe des Königs sitzen würde.

Als ob sie nur alles träumen würde, befand sich die Taubenliesel plötzlich direkt gegenüber dem König in der Königskutsche und ihre Tauben verstaute man in einem großen Drahtkäfig auf dem Dach eines anderen Reisewagens.

Während der Fahrt hatte der König versucht, sich mit dem Mädchen zu unterhalten, doch als sie verschüchtert kaum antwortete, dachte er amüsiert: ‚Endlich mal jemand, der keine Widerrede parat hatte, die immer mit den gleichen Worten begann: „Aber Majestät …".'

Endlich kam man spät in der Nacht in der Residenzstadt am Schloss des Königs an, wo er mit donnernder Stimme befahl: „Das Mädchen soll ein Kabinett im Schloss bekommen", worauf die feine Hofgesellschaft nicht wagte, zu widersprechen, nur ihre Köpfe schüttelte und die Nasen rümpfte. Man hatte ja schon viel mit diesem König erlebt, aber so etwas? Ein Bettelkind im Schloss?

Gleich am nächsten Abend wollte der König seinen geladenen Gästen dieses Lumpenkind mit seinem Taubentanz vorstellen, wobei das Mädchen bei Leibe nichts Feineres anziehen solle – nein, sie musste so einfach bleiben, wie sie war.

Die verwöhnte Gesellschaft war entzückt von der Vorstellung des Taubentanzes, denn das war mal etwas ganz anderes! Jeder wollte dieses Wunderkind sehen und erleben, wie ihm die Tauben aufs Wort gehorchten und wie sie sich mit ihnen im Kreis drehte. Der König musste es immer wieder vorführen lassen.

Aber wie es so oft beim König war: es kam der Tag, als er dessen überdrüssig war und seine Bauchschmerzen ihn wieder besonders quälten. Da verbannte er die Taubenliesel zu den Mägden und Knechten bei den Pferden und Viehställen und ließ sie nicht mehr vor der Hofgesellschaft auftreten. Es kamen andere Künstler und Gaukler, die ihm neue Ablenkung boten.

Immerhin hatte die Taubenliesel aber ein Lager in einer der kleinen armseligen Stuben, man gab ihr ausreichend zu essen, und für ihre Tauben war immer genügend Getreide da.

Doch das Mädchen litt schon bald an Heimweh, und es begann immer heftiger in ihr zu nagen.

‚Ach, wenn ich doch nur wieder daheim wäre', dachte sie, ‚wie gerne würde ich an der Elbe spazieren gehen, das Taubenhaus wieder putzen und damit meinen Herrn erfreuen.' Immer wieder sprach sie mit ihren Tauben. „Was meint ihr, wann können wir zurück in unsere Heimat? Der König braucht uns ja nicht mehr, und hat uns längst vergessen."

Bald darauf, als sie wieder mit den Tauben redete und sich allein wähnte, beobachtete zufällig ein Jüngling das Mädchen und hörte ihre verzweifelten Worte. Er war vor ein paar Tagen im königlichen Schloss angekommen und nun auf dem Weg zu den Pferdeställen.
Mit einem Lächeln sprach er sie an: „Mädchen, ich weiß zwar nicht, wer du bist und wie du heißt, aber wie du mit den Tauben umgehst, bewundere ich sehr."
Liesel schwieg verlegen.
„Leider ist mir zu Ohren gekommen, dass man deine gefiederten Freunde demnächst schlachten will, denn sie sind eine Delikatesse bei Hofe."
Das Mädchen blickte ihn voller Entsetzten an.
„Soll ich dir helfen mit den Tauben zurück in deine Heimat zu kommen?"
„Ihr treibt Scherze mit mir?", fragte sie erschrocken.
„Nein, ich habe die Köche darüber sprechen hören. An deiner Stelle würde ich mit deinen Tauben schnellstmöglich vom Schloss verschwinden."
Liesel fasste Vertrauen zu ihm, weil er sie gewarnt hatte.
„Könnt ihr mir vielleicht helfen?", fragte sie mit zitternder Stimme.
Der Jüngling fühlte Mitleid und zögerte nicht lange: „Ich werde Dir helfen. Morgen früh vor Morgengrauen sollten wir aufbrechen."
„Aber ich kenne doch den Weg nach Hause gar nicht", antwortete die Taubenliesel voller Zweifel.
„Dann vertrau´ nur deinen Tauben, sie werden dich richtig führen, und wir brauchen ihnen nur zu folgen. Ich werde dich ja auch  ein gutes Stück des Weges begleiten", entgegnete er aufmunternd.
Überrascht über diese unerwartete Hilfe und voller Dankbarkeit packte die Taubenliesel ihr weniges Hab und Gut und legte sich schlafen. Doch vor Aufregung konnte sie

kaum ein Auge zutun und zählte die nächtlichen Schläge der Turmuhr vom nahen Schloss. Immer wieder musste sie daran denken, ob die Flucht gelingen würde, denn dann wären ihre Tauben gerettet. Sie wusste, dass auf Schloss Promnitz die wunderschönen weißen Fächertauben nie geschlachtet werden – im Gegenteil – man hielt sie dort nur zur Freude.
Endlich hörte sie am frühen Morgen ein Geräusch und der Jüngling stand vor ihrer Tür.
„Komm Mädchen, wir brechen auf."
Er hatte ein Pferd für sich und eines für die Liesel bereitgestellt und band den Käfig mit den Tauben hinten auf ihr Pferd. Als sie die Stadttore unbemerkt hinter sich gelassen hatten, ließ er ihre Tauben frei und sie ritten hinter ihnen her.
Liesel hörte weiter den bekannten Flügelschlag und sah ihre Tauben über sich kreisen. Sie rief alle beim Namen und stellte erleichtert fest, dass keine von ihnen fehlte.
Einen halben Tag dauerte ihr Ritt durch dunkle Wälder, an einsamen Bächen entlang und über etliche Hügel.
Dann hielt der Jüngling an, sah sich um, nickte und meinte: „Von hier wirst du alleine weiterziehen, denn ich muss mit den Pferden wieder zurück, sonst vermisst man mich, und deine Flucht wird am Ende noch entdeckt."
Er packte aus der ledernen Satteltasche Brot, Schinken und einen Apfel für das Mädchen aus. Als sie alles verzehrt hatte, sagte er: „Nun geh weiter und folge deinen Tauben, es ist nicht mehr weit. Mach`s gut, kleine Taubenliesel."
Noch ehe sie sich bei ihm bedanken konnte, war er wieder auf sein Pferd gestiegen und mit dem anderen Pferd am Zügel hinter Gebüschen und einem Hügel verschwunden.
Es begann schon zu dämmern. Die Tauben, die bis jetzt pickend über eine Wiese gelaufen und gehüpft waren,

wobei die Täuberiche die vertrauten gurrenden Laute als Werbung für die Taubenhennen von sich gegeben hatten, wurden unruhig. Die ersten flogen auf und zogen enge Kreise in der Luft. Dann, wie auf ein Kommando, stieg der ganze Schwarm in den Himmel und in eine bestimmte Richtung. Liesel musste an die Worte des Jünglings denken: „Folge ihnen nur, denn sie wissen den Weg in die Heimat."

Obwohl sie sehr müde vom Reiten war, das sie nicht gewohnt war, ging sie den Tauben tapfer hinterher, die immer an dem Elbfluss entlang flogen. Als ein letzter Hügel überwunden worden war, auf dem alte knorrige Weinstöcke standen, lagen das Schloss und der Gutshof an dem großen Flusse vor ihr. Vor Freude klopfte ihr Herz bis zum Hals, als sie endlich den so vertrauten stündlichen Glockenschlag vom Turm hören konnte.

Im Hof hatte man sofort die weißen Tauben des Gutsherrn entdeckt, die plötzlich wieder da waren und nach und nach von ihrem Taubenhaus Besitz nahmen. Und als die Taubenliesel durch den Torbogen trat, wurde sie von allen mit höchster Neugier empfangen.

„Du warst ja beim König, wie war es dort?", „Erzähl doch!", „Und weißt du, dass unser Herr sehr traurig war, als der König dich und seine Tauben mitnahm?", „Wie wird er sich freuen, dass ihr wieder da seid."

Alle redeten aufgeregt durcheinander.

Dem Mädchen, das früher wenig Beachtung gefunden hatte, wurde gleich ein sauberes schönes Stübchen zugewiesen, und sie durfte fortan in der Küche bei dem übrigen Gesinde essen. Alle bemerkten sofort, dass Liesel sich verändert hatte. Hatte dies der Aufenthalt am königlichen Hofe bewirkt? Besonders ein junger Bursche, der an dem langen Esstisch saß, sah immer wieder bewundernd zu ihr hin. Ja, Taubenliesel war nicht mehr das kleine, stumme

Mädchen – sie war, wie über Nacht, ein junges hübsches Mädchen mit einer ganz anderen Haltung geworden.

Hannes, so hieß der junge Bursche, begann, sie zu umwerben: „Du bist für mich eine Prinzessin", sagte er eines Tages zu ihr, während er sie verliebt anblickte.

Liesel ließ sich das gern gefallen, und nicht ohne Stolz erwiderte sie: „Eine Prinzessin bin ich nicht, aber ich war für kurze Zeit dem König nahe und habe das Leben bei Hofe kennengelernt. Doch hier, lieber Hannes, ist meine Heimat, und hier möchte ich glücklich werden."

Der Schlossherr von Promnitz ließ den beiden nach einem Jahr eine wunderschöne Hochzeit ausrichten, bei der alle Menschen auf dem Gut gemeinsam feierten.

So führte die Taubenliesel nun ein glückliches und zufriedenes Leben, wobei sie sich weiterhin hingebungsvoll den Tauben widmete.

Wenn sie alleine war, sprach sie verträumt zu ihren gurrenden kleinen Freunden: „Wisst ihr noch, wie es war, als wir beim König in seinem Schloss lebten und uns vor den feinen Gästen drehen durften?"

Und manchmal erschien ihr im Traum noch der edle Jüngling als Held und Retter, der sie auf den rechten Weg zurück in ihre Heimat geführt hatte. Er wurde Teil ihrer eigenen Welt und sie konnte ihn lange nicht vergessen. Tief in ihrem Herzen behielt er einen Platz und sie fragte sich: Wer er wohl gewesen war? Vielleicht ein Ritter oder gar der Königssohn? Wir werden es nie erfahren ...

Doch allmählich verblassten die Erinnerungen und an seine Stelle trat Hannes, der jetzt der Held ihres Lebens geworden war. Mit ihm wurde sie glücklich bis an ihr Lebensende. Sicher waren es ihre Kinder, die diese Geschichte immer weiter erzählten.

Heute gibt es sie wieder, die weißen Fächertauben von Promnitz. Sie spazieren auf dem Hof herum, picken im

Sand oder sitzen gurrend auf den steilen Dächern der Scheunen und des Schlosses, wobei sie sich von Besuchern und deren Kindern bewundern lassen.
Eines Tages sagte ein kleines Mädchen: „Die Tauben sind so wunderschön, wie aus einem Märchen ...“
Wie recht das kleine Mädchen hatte! Und sicher würde sie gerne die Geschichte von der Taubenliesel erzählt bekommen, die einst in der Kutsche des Königs gesessen hatte und einige Zeit in seinem Schloss gelebt hatte. Und dann würde sie erfahren, dass vor vielen, vielen Jahren der Kurfürst von Sachsen, der zugleich König von Polen war, nämlich August der Starke, tatsächlich während eines Festes im Schloss Promnitz zu Gast geweilt hatte. Ob auch er die Tauben im Hof bewundert hat? Wer weiß ...

# Das Uhrenmännchen

Einst lebte im Turm, ganz oben direkt unter der Turmuhr in einem kleinen Stübchen von Schloss Promnitz ein uraltes, verhutzeltes Männchen.
Niemand wusste so recht, wie lange es dort schon hauste, aber jeden Tag zog es das Uhrenwerk mit den schweren Steingewichten wieder auf, sodass die Uhr seit undenkbarer Zeit nie stehen geblieben war. Von den Leuten wurde es nur das „Uhrenmännchen" genannt und da es sich kaum zeigte, erzählte man sich wundersame Dinge von dem Geschöpfe. Angeblich wollte das Uhrenmännchen sterben, doch es fand keine Ruhe, da sich bis jetzt niemand gefunden hatte, der seine Arbeit verrichten mochte. Und die Zeit durfte schließlich im Schlosshof nicht stehenbleiben.
Keiner wollte den Dienst im Uhrenturm verrichten, und niemand besuchte das Uhrenmännchen, denn man glaubte, dass es im Turm spuken könne. So stellte man dem Uhrenmännchen das Essen seit jeher auf die unterste Stufe der Turmtreppe, das er sich stets nur des nachts holen konnte. Im Schutz der Dunkelheit ging er dann im Hof spazieren und rief beim zwölften Glockenschlag mit krächzender Stimme:

„Ach, nun hat die Uhr geschlagen,
keiner kann mir aber sagen,
wann mein letztes Stündlein schlägt,
wer mich zur ewigen Ruhe legt."

Aber niemand hörte ihn, denn um Mitternacht ging man nicht hinaus, sondern blieb lieber im warmen Bette, denn die Furcht war viel zu groß, Geistern oder armen Seelen oder gar dem unheimlichen Uhrenmännchen zu begegnen. Zu dieser Zeit gehörten das Schloss und der Gutshof einem milden und gerechten Herrn, der von seinen Leuten geliebt und verehrt wurde. Weil er ein Gelehrter war und viel reiste, sah man ihn nur selten hier. Er hatte aber eine Frau, die unter der langen Einsamkeit litt und über die Zeit streng, herrisch und meist ungeduldig geworden war. Schon lange wartete sie auf ein Kind, das sich aber nicht einstellen wollte, woraufhin sie noch herrischer, launischer und jähzorniger wurde: „Jede meiner Mägde bekommt Kinder, warum nur ich nicht?“, schimpfte sie laut, dass es jeder hören konnte.

Als die strenge Herrin einmal wieder in der Küche nach dem Rechten sah, zornig dies und das bemängelte, und ihren vergeblichen Kinderwunsch beklagte, versuchte die alte Mamsell sie zu besänftigen: „Ich könnte Euch einen Rat geben. Oben im Turm haust doch das Uhrenmännchen, vielleicht kann es Euch helfen, denn es heißt, dass das Uhrenmännchen zaubern kann. Deshalb fürchten sich die Leute, und niemand will etwas mit ihm zu tun haben.“

„Ach, was für ein Gerede! Dann werde ich ihn eben besuchen und mal sehen, ob er mir vielleicht helfen kann“, entgegnete die Herrin.

Sogleich stieg sie den steinernen Wendelstein und die letzte hölzerne Stiege hinauf, die zur Turmstube des Uhrenmännchens führte und trat ohne zu klopfen ein.

„Uhrenmännchen, ich bin Eure Herrin. Man munkelt, dass Ihr zaubern könnt. Ihr müsst mir helfen, da ich nicht mehr weiter weiß. Was soll ich tun, um endlich ein Kind zu gebären?“

Der kleine Alte wiegte sein greises Haupt hin und her, schwieg und sagte nach einer langen Weile mit heiserer Stimme: „Ja, ich könnte Euch helfen, aber Ihr müsst mir dafür auch etwas versprechen.“

„Alles was Ihr wollt, verspreche ich Euch."
„Dann sorgt dafür, dass ich abgelöst werde, denn ich bin alt und müde und möchte endlich sterben."
„Wenn es weiter nichts ist, dafür will ich schon sorgen", versprach die Gutsherrin.
„Aber vergiss mich nicht, sonst weiß ich mich zu rächen und hole mir mein Recht."
Das hörte die Herrin schon nicht mehr und kletterte eilig und gutgelaunt alle Stufen wieder hinab. Nachdem ihr Gatte wieder einmal von einer Reise zurückgekehrt war und sie zu besänftigen versuchte, merkte die Gutsherrin nach kurzer Zeit, dass sich neues Leben in ihr regte. Nun scheuchte sie ihre Mägde hierhin und dorthin, um das Schloss zu säubern und neue Zimmer einzurichten und alles für die Geburt vorzubereiten. Darüber hatte sie längst ihr Versprechen vergessen, das sie dem Uhrenmännchen gegeben hatte.
Eines Tages war es endlich soweit und die Herrin gebar sogar Zwillinge. Es waren zwei Mädchen – eines war rosig und hübsch, das andere eher mager und runzelig. Mit der Zeit entwickelte sich das eine Kind zu einem fröhlichen, schönen Mädchen mit roten Backen und goldenen Haaren, weshalb es von allen nur „Prinzessin Sonnenschein" genannt wurde. Das andere aber wuchs nicht so recht und sprach kaum, und wenn man es anblickte, wurden die Menschen traurig. Und weil das Mädchen stets ernst war und nie lachte, nannte man es bald den „Griesgram". Manchmal saß es stumm in einer Ecke der Studierstube ihres Vaters, denn er war der Einzige, der ein paar gute Worte für es fand.
So wuchsen die Schwestern heran, eine hübsch und von allen bewundert und die andere unscheinbar und zurückgezogen. Wenn Gäste sich ansagten, wurde nur Prinzessin Sonnenschein vorgestellt. Das Mädchen Griesgram aber

brachte man dann oben in eine Stube beim Turm, damit es die Gäste nicht verschreckte.
Prinzessin Sonnenschein, von allen geliebt und verwöhnt, wurde aber mit der Zeit ihrer Mutter immer ähnlicher; sie war unzufrieden, herrisch, ungeduldig und schnell zornig. Ihre Schwester Griesgram hingegen hatte die geduldige, ruhige Ernsthaftigkeit ihres Vaters geerbt. Sie war gutgläubig, zurückhaltend, mitfühlend und wissbegierig. Schnell hatte sie durch die Bücher ihres Vaters Lesen gelernt und saß am liebsten in einer Ecke der Studierstube, um viel Wissen, vor allem aus den Pflanzen- und Kräuterbüchern zu erfahren.
Natürlich hatte auch sie von dem Uhrenmännchen im Turm gehört, und wenn sie über den Hof ging und die Uhr schlug, blieb Griesgram stehen und sah nach oben. „Ob er noch immer dort oben hauste?", fragte sie sich, „Und ob man ihn einfach einmal besuchen könnte?"
Diese Gedanken ließen sie nicht los und eines Tages beschloss sie, der Sache heimlich auf den Grund zu gehen. So wartete das Mädchen bis es fast Mitternacht war, nahm eine Laterne und stieg mit klopfendem Herzen die Turmstufen hinauf und kam bald an die Stelle, wo man sie immer in einer Kammer versteckte. Bis hierhin war ihr alles vertraut. Dann endete die Steintreppe und vor ihr streckte sich eine steile Holzstiege empor. Was würde sie dort oben erwarten, und was sollte sie dem Uhrenmännchen sagen? Unsicher geworden, wollte Griesgram schon wieder umkehren, doch da zog eine geheime Macht sie höher und höher hinauf bis sie zu einer schiefen, grob zusammen gezimmerten Tür kam, die schief in den Angeln hing.
In diesem Augenblick schlug die Turmuhr die nächtliche zwölfte Stunde und plötzlich ertönte eine krächzende, heisere Stimme, die halb sang und halb sprach:

„Ach, nun hat die Uhr geschlagen,
keiner kann mir aber sagen,
wann mein letztes Stündlein schlägt,
wer mich zur ewigen Ruhe legt.“

Alle Bedenken, alle Angst und Furcht waren von Griesgram plötzlich gewichen, und sie empfand nur noch Mitleid mit dem armen Uhrenmännchen.
Entschlossen klopfte sie an die Tür, drückte die rostige Klinke herunter und trat ein. Vor ihr tickte das mächtige Uhrenwerk mit seinen Zahnrädern und den Ketten mit den Steingewichten, und dahinter, in einer Ecke, stand ein kleines Tischchen auf dem eine dicke Kerze flackerte. In einem abgewetzten Sessel sah sie das kleine, alte Uhrenmännchen hocken. Es war über die Jahre uralt geworden, krumm und steif, sodass es schon lange nicht mehr nachts auf dem Hof spazierte und nur die Treppe hinunterächzte, um sein Essen zu holen.
„Endlich kommst du. So lange haben ich schon auf dich gewartet“, begrüßte der Alte das Mädchen.
„Auf mich?“, fragte das Mädchen erstaunt.
„Ja, denn du bist das Pfand eines Versprechens, das mir einst deine Mutter gab, die mich aber dann einfach vergessen hat.“
Griesgram verstand sofort und sagte mitleidig: „Du armes Uhrenmännchen. So bist du von meiner Mutter betrogen worden. Versprechen muss man doch halten. Wie kann ich dir helfen?“
„Besuch mich nur recht oft, bis du groß genug bist, meine Aufgabe zu übernehmen.“
„Das will ich gerne tun. Ich habe Zeit und freue mich, wenn ich helfen kann. Meine schöne Schwester hingegen hat viel Unterhaltung und Ablenkung“, sagte sie ohne Neid.

„Deine schöne Schwester wird sehr früh heiraten, du aber gehörst hierher und wirst die Zeit beherrschen“, krächzte er heiser, „denn ohne Zeit sind wir alle verloren.“
Griesgram verstand nicht recht, was er damit sagen wollte, und da er nicht mehr weitersprach, verließ sie ihn wieder und stieg mit dem Takt der Uhr die Stufen wieder hinab, wobei ihre Gedanken um den Besuch bei dem Alten kreisten. Nun glaubte sie, ihre Bestimmung gefunden zu haben: Sie würde sich um das Uhrenmännchen kümmern und um die Turmuhr, damit er doch irgendwann endlich sterben könne.
Einige Tage später kletterte Griesgram erneut den Wendelstein und die Holzstiege empor, bis sie wieder vor der alten Tür stand.
„Komm nur herein, ich habe schon auf dich gewartet“, erklang die raue Stimme des Uhrenmännchens wieder.
Als sich das Mädchen auf den kleinen Schemel zu seinen Füßen gesetzt hatte, sprach der Alte mit sorgenvollem Gesicht: „Kennst du das Geheimnis der Uhr? Sie darf niemals stehen bleiben. Wenn Uhren schweigen, stürzen Türme, und was ist schon ein Schloss ohne stolzen Turm?“
Griesgram rief zu Tode erschrocken: „Das darf niemals passieren!“, worauf der Alte nickte und murmelte: „Wie wahr, wie wahr. Ohne die Zeit sind wir alle verloren. Und manchem schlägt die letzte Stunde, obwohl man glaubt, noch so viel Zeit zu haben.“
Griesgram hörte geduldig zu und besuchte nun regelmäßig das Uhrenmännchen. Sie redeten über die Zeit und über das, was sie in ihren Büchern gelesen hatte. Bald brachte das Mädchen ihm das tägliche Essen herauf und die Leute munkelten, dass das Uhrenmännchen sie verhext hätte.
Und tatsächlich vergaß Griesgram die Zeit. Selbst als ihr geliebter Vater starb, schien sie in ihrer eigenen Welt zu

leben. Und wie das Uhrenmännchen es prophezeit hatte, heiratete Prinzessin Sonnenschein sehr bald und lebte nun weit weg in einem noch größeren und schöneren Schloss. Die Gutsherrin und Mutter der beiden Mädchen aber wurde immer unberechenbarer und schließlich krank von ihrer schlechten Laune, und die Leute hatten es schwer mit ihr, denn man konnte es ihr nie recht machen.

Nachdem einige Jahre ins Land gegangen waren und Griesgram gelernt hatte, wie das Uhrwerk zu bedienen ist und jedes Rädchen ineinander greift, kam der Tag, an dem für das Uhrenmännchen die Zeit stillstehen sollte. Mit schwacher Stimme flüsterte es: „Ich fühle, dass meine Zeit nun gekommen ist und ich endlich sterben kann, denn du bist nun alt genug, um zuverlässig für den Gang der Zeit zu sorgen."

Griesgram wurde wehmütig, hatte sie sich doch an den Alten gewöhnt.

„Und", sagte dieser mit letztem Atem, „sei mir nicht böse, dass du nicht wie deine Schwester bist. Ich habe deiner Mutter einst zwei unterschiedliche Kinder gewünscht, damit du ein Kind der Zeit wirst, und nicht ein Kind der Menschen. Dafür bist du klug und von reinem Herzen – das wird dir im Leben Glück und Zufriedenheit schenken." Mit diesen letzten Worten sank sein Kopf mit einem Lächeln auf die Seite.

Fortan kümmerte sich Griesgram nicht nur um die Uhr, sondern auch um ihre alte, kranke Mutter, die jetzt froh war, noch eine Tochter auf dem Hof zu haben.

Tag für Tag stellte Griesgram das Uhrwerk, versorgte die Gutsherrin und half jedem mit Rat und Tat. Allmählich übernahm sie die Aufgaben als neue Herrin des Schlosses und jeder war voll des Respekts über ihre Weisheit und ihre klugen und gerechten Entscheidungen.

So führte sie viele, viele Jahre ein zufriedenes Leben und ihren Namen „Griesgram" hatte schon lange niemand

mehr auf den Lippen. Stattdessen nannte man sie die „gute Zeitenfrau".
Damit das Uhrenmännchen aber nie vergessen werden sollte, ließ sie an der Wand der Uhrenstube seinen Spruch aufmalen:

„Ach, nun hat die Uhr geschlagen,
keiner kann mir aber sagen,
wann mein letztes Stündlein schlägt,
wer mich zur ewigen Ruhe legt."

Lange nachdem auch Griesgram gestorben war, erzählte man sich im Schloss noch die Geschichte vom Uhrenmännchen und vom Geheimnis der Turmuhr und gab sie weiter von einer Generation zur nächsten. Es wurde sogar zu einer ehrenvollen Aufgabe, jeden Tag auf den Turm zu steigen, um die Uhr sorgfältig aufzuziehen, denn niemand wollte, dass sie stehenbliebe und dass der Turm herabstürze.
Doch natürlich kam irgendwann der Tag, an dem auch diese Uhr zu schlagen aufhören musste. Es waren an die etwa hundert Jahre vergangen, als eine schlimme Zeit der Not über das Land kam. Es herrschte Krieg, und die letzten Besitzer des Schlosses wurden vertrieben und mussten den Hof verlassen. Da war plötzlich niemand mehr da, der das Geheimnis der Uhr und ihres Uhrwerks kannte, und niemand zog sie mit ihren schweren Steingewichten wieder auf, damit die richtige Stunde schlägt. So blieb sie stehen und gab auch keinen Schlag mehr von sich. Auch die Geschichte vom Uhrenmännchen wurde vergessen und das Schloss fiel in einen tiefen Schlaf der Vergessenheit, als ob es aus der Zeit gefallen wäre.
Lange stand das Schloss leer, und als eines Tages endlich wieder Menschen kamen und es bewohnten, hatte der Turm schon Risse bekommen und seine Turmhaube neig-

te sich und wurde schiefer und schiefer – man befürchtete sogar einen Absturz. Deshalb musste die Turmhaube abgenommen werden, und sie wurde mitten auf den Hof gestellt. Dabei fiel eine kleine Blechkapsel aus dem Gebälk der Turmspitze und als sie geöffnet wurde, fand man darin ein zusammengerolltes, vergilbtes Dokument. Die alte Schrift war noch lesbar und es konnten Zeilen entziffert werden, die vom Uhrenmännchen und den Schwestern Sonnenschein und Griesgram erzählten. Irgendjemand musste sie irgendwann einmal aufgeschrieben und in die Kapsel gesteckt haben, um sie zu bewahren. Und weil heute niemand mehr weiß, wer diese Schwestern gewesen sind, wann sie gelebt haben und ob es das Uhrenmännchen wirklich gegeben hat, wurde die Geschichte zu einem Märchen.

Eines Tages aber wird die Turmhaube mit der Spitze wieder repariert sein und auf dem stolzen Turmsockel thronen. Man wird sie dann, wie früher, schon von Weitem sehen. Und dann wird auch die Uhr wieder schlagen, und eine neue Zeit wird für Promnitz angebrochen sein.

# Von Elfen und Nebelfrauen

In früheren Zeiten, als es noch viele Burgen gab, lebte ein Herr auf seiner Burg, die auf einem der hohen Berge thronte. Von dort konnte man weit ins Land blicken. Der Burgherr war stolz, streng und oft ungerecht zu den Mägden und Knechten. Eines Tages aber führte er eine Braut durch das Burgtor und seine Leute hofften, dass er nun milder gestimmt sein würde. Als seine junge Frau endlich ein Kind erwartete, war er sicher, dass es ein Knabe werden würde, denn das hatte ihm ein Wandermönch einst prophezeit.

Das neugeborene Kind war aber ein Mädchen, und wurde von seiner Mutter Marielene genannt, denn ihr Name sollte an die beiden Großmütter Maria und Helene erinnern, die aber schon lange nicht mehr lebten. Der Vater war enttäuscht und wütend, dass ihm ein Mädchen geschenkt worden war, und wollte es nicht einmal anschauen. Hatte der Mönch, den er für seine Weissagung reichlich belohnt hatte, gelogen, oder war seine Frau gar verhext worden?

Drei lange Jahre später kam auf der Burg wieder ein Kind zur Welt, und dieses Mal war es ein Knabe. Der ersehnte Erbe bekam den Namen seines stolzen Vaters, Benno. Beide Kinder, Marielene und Benno, wuchsen heran und liebten sich als Geschwister sehr.

Irgendwann kamen einmal fahrende Sänger und Gaukler ans Burgtor und baten um Einlass, was ihnen von den Hofleuten gerne erlaubt wurde, da das Leben auf der Burg doch hart und nicht gerade reich an Vergnügungen war.

Sofort begann man Lieder, Musik und Späße darzubringen und hoffte auf ein Essen aus der Burgküche und ein paar Münzen für den Geldbeutel.
Unter den vielen begeisterten Zuschauern waren auch die beiden Kinder des Burgherrn, die die bunten Wagen, die kleinen zottigen Pferde, die Esel und die Kinder, die auf den Tieren Kunststücke zeigten, sehr bewunderten.
Von dem Lärm angelockt, erschien auch der strenge Burgherr, der solch` fahrendes Volk bei sich nicht dulden wollte. Augenblicklich ließ er die Gaukler von seinem Hof verjagen.
„So ein Gesindel brauch` ich hier nicht, das meine Leute von der Arbeit abhält und nur auf unser Geld aus ist! Hinfort mit euch, sonst hole ich die Hunde!“, schrie er wütend. Es gab Gezeter, Lärm und Geschimpfe unter den Künstlern, fühlten sie sich doch ungerecht behandelt und um ihren Lohn betrogen. Doch aus Angst brachen sie eiligst auf und verließen den unwirtlichen Ort. Eine alte Greisin und Älteste von ihnen aber rief beim Abfahren: „Das wird Euch einmal noch leidtun, Herr“, und danach stieß sie einen Fluch in fremder Sprache aus. Dann war der bunte Zug plötzlich wie vom Erdboden verschluckt. Keiner konnte sagen, welchen Weg sie genommen hatten, denn dichte Nebelschwaden waren plötzlich vom Tal aus aufgestiegen.
Der Hof war bald leer und verlassen, nur die Tochter des Burgherrn stand noch dort und sah sich um. Wo war nur ihr Brüderchen geblieben?
Niemand wusste es, wen sie auch fragte. Die ganze Dienerschaft begann fieberhaft zu suchen, aber wie oft sie auch nach ihm riefen, in jeder Ecke der Burg nachsahen – der kleine Junge war und blieb verschwunden!
Nun war das Gejammer groß. Der Burgherr wurde noch zorniger, wütender und ungerechter, und seine Frau wein-

te viele bittere Tränen. In den folgenden Jahren wollte sich kein weiteres Kind mehr einstellen, und so fehlte der Erbe für die Burg. Vor Kummer und Gram um den Verlust ihres Sohnes starb die Gutsherrin bald darauf und ließ Marielene allein zurück.

Es werden etliche Jahre vergangen sein, da entbrannte eine heftige Fehde, ein Streit zwischen Marielenes Vater und seinem Nachbarn, der ebenfalls auf einer nahen Burg lebte. Es ging um einen Wald, von dem jeder glaubte, er würde ihm gehören. Man belagerte sich gegenseitig, bis letztendlich der Vater Marielenes bezwungen wurde. Man zündete die Burg des stolzen Burgherrn an, und sie brannte fast bis auf die Grundmauern nieder. Die Leute flohen in die Wälder, und der Burgherr wurde als Gefangener in den Kerker des Feindes geworfen.

Marielene aber, die sich im tiefsten Winkel der Burgkapelle versteckt hatte, blieb ganz allein zurück und hatte nun kein Zuhause mehr.

Genau zu jener Zeit, kurz nach dem Brande, zog wieder ein Gauklervolk mit bunten Wagen, kleinen Pferdchen und Eseln an der einst so stolzen Burg vorbei, die nun eine halbe Ruine war. Marielene hörte die lustige Gesellschaft, dachte an ihren Bruder und erinnerte sich an die Erlebnisse, die sie so genossen hatte, und kam aus ihrem Versteck. Sie fragte die Gaukler, ob sie mit ihnen ziehen dürfe. Denn immer wieder hatte sie in all ihren Träumen ihr Brüderchen gesehen. Warum hatte sie nicht besser auf ihn geachtet? Jetzt, wo sie frei war, keine Mutter und keinen herrischen Vater mehr besaß, hatte sie nur einen Wunsch: ihren Bruder zu finden, denn irgendwo musste er doch noch leben – das spürte sie!

Das fahrende Volk nahm sie gerne auf, war sie doch ein hübsches, gelehriges Mädchen, das zu jedermann immer freundlich und hilfsbereit war. Schnell lernte Marielene ei-

nige Kunststücke, mit denen sie in den Dörfern manchen Heller verdiente, die sie dann mit den anderen Gauklern ehrlich teilte.
Doch wenn der Abend kam und alle am Lagerfeuer sangen und tanzten, wurde Marielene traurig und stumm vor Sehnsucht – ob ihr Bruder noch lebte? Und wo würde sie ihn finden können?
Eine weise, uralte Frau aus dem Zigeunervölkchen bemerkte den andauernden Kummer des Mädchens und ließ sich die Geschichte von dem verschwundenen Brüderchen erzählen.
Die Alte wußte sofort, um welchen Jungen es sich handelte, denn sie war es gewesen, die vor vielen Jahren den Fluch über die Burg ausgesprochen hatte.
„Ja, ja, man soll es sich nicht mit uns verscherzen. Es war damals dein unbarmherziger Vater, der uns vertrieben hat. Ich weiß, dass Dich keine Schuld trifft, denn du bist ein tapferes Mädchen. Vielleicht kann ich dir helfen. Um dein Brüderchen zu finden, musst du es aber selbst suchen und unsere Gruppe verlassen. Du musst deinen Weg ganz alleine gehen. Widersteh allen Verlockungen und Gefahren, dann wird der Fluch an deinem Vater gesühnt und gebrochen sein."
Marielene zögerte nicht, packte ihre wenigen Habseligkeiten in ein Tuch und knotete es zusammen. In ein zweites kleines Bündel tat sie einen Kanten Brot, den ihr die Alte gegeben hatte.
„Hüte dieses Brot gut, denn es wird dir immer Speise schenken. Und nun nehme den nächsten Weg, der von der Straße abbiegt."
Marielene folgte den Worten der Alten, verabschiedete sich von den Gauklern und wanderte viele Tage. Sie aß von den Früchten des Waldes und abends verzehrte sie den Kanten Brot, der aber am nächsten Morgen auf wun-

dersamer Weise wieder voll und ganz in dem Tuche lag. Ihren Durst stillte sie an den klaren Bächen, und zum Schlafen legte sie sich ins weiche Moos. Des Nachts erschien ihr das Brüderchen im Traum – sie sah ihn immer deutlicher und klarer.

„Ja, ich bin auf dem rechten Weg", sagte sie überzeugt zu sich selbst.

Der Weg führte nun durch einen düsteren dichten Wald. Dunkle Wolken hingen in den Baumwipfeln, die vom aufkommenden Sturm hin und her schwankten. Ein Unwetter zog auf, und Marielene bekam das erste Mal richtig Angst. Wo nur konnte sie Schutz finden? Ein Blitz folgte dem nächsten, und sie sah dies als schlechtes Zeichen. Galt der Zorn des Himmels ihr? Doch sie war sich keiner Schuld bewusst.

In diesem Augenblick schlug der Blitz in eine vertrocknete Tanne in ihrer Nähe ein. Die lodernden Flammen beleuchteten steil aufragende Felswände und den Eingang einer Höhle, die Marielene vorher nicht gesehen hatte.

„Dem Himmel sei Dank", dachte sie erleichtert, denn hier würde sie ein trockenes Plätzchen und Schutz während des Unwetters finden. Sie lief, so schnell sie konnte, zum Felsen hin und in die Höhle hinein. Im flackernden Schein des brennenden Baumes sah sie einen halbrunden Raum vor sich, der bewohnt schien. Dort stand ein kleiner Tisch, ein dreibeiniger Hocker und an der einen Wand lag ein Bärenfell auf dem Boden. Hungrig setzte sie sich an den Tisch und bemerkte, dass ein Krug mit frischem Wasser darauf stand. Gerade als sie aus ihrem Bündel den Kanten Brot holen wollte, hörte sie ein Wimmern, das von draußen kommen musste. Trotz des Gewitters ging sie mutig nochmals hinaus und sah einen großen braunen Hund, der mit einem Seil an einem Baum nahe der Felswand angebunden war.

„Wer hat dich denn hier zurück gelassen bei Wind und

Wetter?", fragte sie voller Mitleid und konnte mit zittrigen Händen den Knoten lösen und den Hund mit in die Höhle locken. In diesem Augenblick ging das Unwetter erst richtig los – ein Wolkenbruch folgte dem nächsten, und es schien, als ob die Welt unterginge. Doch in der Höhle waren sie geschützt. Nun konnte Marielene endlich an ihr Abendbrot denken. Da sahen sie zwei Hundeaugen bettelnd an.

„Ach, natürlich, du bist sicher genauso hungrig wie ich!", sagte sie zu ihm und gab ihm die Hälfte des Brotkantens, den er sofort verschlang.

Marielene fühlte, wie die Müdigkeit sie überkam. Sie glaubte, dass bei diesem Wetter niemand mehr kommen würde, und so nahm sie das Felllager als Schlafplatz und der Hund rollte sich an ihrer Seite ein, wobei er sie die ganze Nacht wärmte. Im Traum erschien ihr wieder Benno, ihr Brüderchen, und er war gewachsen. Natürlich musste auch er älter geworden sein, so wie sie, waren ihre Gedanken.

Als sie am nächsten Morgen erwachte, war der Hund nicht mehr da, und auch das Tischchen, der Hocker und das Fell fehlten. Sie selbst lag auf dem blanken Boden. Hatte sie das alles nur geträumt?

Marielene wollte nicht weiter darüber nachdenken, sondern packte ihr Bündel und brach sofort auf, um den Weg weiterzugehen, um endlich ihren Bruder zu finden. Nach Stunden nahm der dunkle Wald ein Ende, und als sie aus seiner Düsternis ins Freie trat, breitete sich zu ihrer Überraschung eine liebliche Landschaft vor ihr aus, die sie niemals zuvor gesehen hatte. Mit leichten Schritten wanderte Marielene über sanfte Blumenhügel, wo Schmetterlinge von Blüte zu Blüte taumelten und Blumen sich im Winde wiegten. Das goldene Sonnenlicht spiegelte sich in kleinen glasklaren Seen und die Wellen der munteren Bäche lie-

ßen tausende von Lichtern aufblitzen, die wie Diamanten funkelten. Wie hingezaubert lag mitten in der Landschaft ein Schloss vor ihr mit goldenem Dach und umgeben von einem Garten voller blühender Bäume. War sie im Paradies oder gar im Himmel?
Das große Schlosstor war weit geöffnet und eine wundersame Kraft zog sie hinein. Plötzlich umschwebten sie feenartige Wesen mit ihren zarten Flügeln, die wie Perlmutt schimmerten. Ihre hauchdünnen Kleider umschmeichelten ihre Körper und ihre langen, wehenden Haare waren wie aus feinster Seide gesponnen. Alle lächelten, drängten Marielene weiter in das Schloss hinein und führten sie bis in einen Saal, dessen Wände aus blühenden Hecken bestanden.
Mit sanften Bewegungen zogen die Elfen Marielene die alten Lumpen vom Leib, streiften ihr das schönste, kostbarste Kleid über, bürsteten ihr Haar bis es wie Gold glänzte und flochten Blumen hinein. An die Füße steckten sie ihr zierliche Schuhe aus feinstem Brokat.
Auf einmal erklang eine sphärenartige Musik, und wie aus dem Nichts erschienen Elfenjünglinge, die mit den Elfen Reigentänze begannen. Der schönste Jüngling aber griff sich Marielene, umfasste ihren Körper und drehte sich mit ihr im Kreis, wobei sie über den Boden schwebte wie in einem Rausch, der ihre Seele mit einem nie gekannten Glücksgefühl durchrieselte. Wie wunderschön, wie engelshaft alles war! Drei Tage und drei Nächte, so schien es ihr, vergingen beim Wandeln in den Gärten, beim Tanzen im Blumensaal und Schlafen in daunenweichen Himmelbetten.
„Ach, bleib doch bei uns“, säuselten die Elfen, umschmeichelten und streichelten sie. „Hier bist du für immer jung und schön auf ewig. Werde unsere neue Elfenprinzessin!“
Da erstarrte Marielene erschrocken und erwachte wie aus einer Trance: „Nein, ich will keine Prinzessin der Elfen werden, will nicht in einer Traumwelt leben, sondern ich

muss meinen Bruder finden", rief sie laut aus. Denn ihren Benno hatte sie fast vergessen!
Die Feenwesen waren plötzlich entflohen und Marielene stand allein im Schlosshof. Aller Zauber war verschwunden. Hastig zog sie die kostbaren Gewänder aus, schlüpfte in ihre alten zerrissenen Kleider, nahm schnell ihre beiden Bündel und eilte zum Schlosstor hinaus. Als sie sich noch einmal umdrehte, war das Schloss wie aufgelöst und verschwunden, und die liebliche Blumenlandschaft hatte sich in die normale Natur mit ihren Dornenbüschen, Brennnesseln und steinige Pfaden zurückverwandelt. Noch immer konnte Marielene das Glück spüren, das sie bei den Elfen empfunden hatte, doch nun war sie wieder zu ihrer wahren Bestimmung zurückgekehrt und suchte Benno. Sie fühlte sich wieder frei und ungebunden und dachte an die Worte der alten Frau, sich nicht verführen zu lassen. Bald wäre es hier passiert und sie hätte alles um sich herum vergessen. Nun wanderte sie weiter und wusste bald nicht mehr, wie lange sie schon gelaufen war. War es schon wieder ein ganzer Tag? Nachts im Traum erschien ihr Benno nicht mehr. Sie wurde immer trauriger, kam sich einsam und verlassen vor, hatte sie doch während ihrer langen Wanderung keinen Menschen gesehen oder getroffen. Zweifel kamen in ihr auf und sie fragte sich, ob sie noch auf dem richtigen Weg sei und ihren Bruder überhaupt je finden würde.
Die Nächte wurden sehr kühl und beim Schlafen fror sie ganz erbärmlich. Schon wurde es wieder Abend, die Sonne ging unter, und sie musste einen sicheren Schlafplatz finden. Da wehten zum ersten Mal weiße Schleier über den Boden, krochen aus Büschen und Gräsern, webten durch die Zweige der Bäume und setzten sich in ihr Haar und auf ihre Kleidung. Es waren die Nebelfrauen, die mit ihren Schleiertänzen den Herbst ankündigten.

Marielene konnte bald nicht mehr erkennen, wo der Weg hinführte, denn alles war in ein milchiges Weiß getaucht. Sie irrte umher, bis sie sich erschöpft auf einen Stein setzte und hoffnungslos anfing, zu weinen.
Die Nebelfrauen umwehten sie weiter und wisperten ihr tröstend zu: „Gib nicht auf, geh` noch ein Stückchen geradeaus, dann wirst du finden, wonach du suchst."
Marielene wußte nicht, ob man den Nebenfrauen trauen konnte, doch ihr blieb einfach keine Wahl. Energisch wischte sie sich die Tränen aus dem Gesicht und stand auf. Sie wollte glauben, dass die unsichtbaren Stimmen recht hatten. Marielene durfte nicht aufgeben, und der Himmel würde sie nicht im Stich lassen.
Mitten in der aufsteigenden Dunkelheit tauchte aus den Nebelschwaden eine kleine, halbverfallene Kapelle auf. „Gott sei gedankt", sagte Marielene erleichtert zu sich selbst, „ich habe für diese Nacht ein Dach über den Kopf."
Nachdem sie die windschiefe Eingangstür einen Spalt aufgeschoben hatte, durchschritt sie mit klopfendem Herzen den kurzen Gang, an dem einige Bankreihen standen. Zu ihrem Erstaunen brannte auf dem uralten Steinaltar eine Kerze, die ein warmes Licht in den Raum fließen ließ. Wer war gerade hier gewesen und hatte sie angezündet? Oder war vielleicht noch jemand in der Nähe? Andächtig blieb Marielene vor dem Altar stehen, blickte auf das Kreuz des Herrn und begann zu beten. Sie spürte, dass alles, was ihr bisher geschehen war, direkt aus dem Himmel kam – es war Gottes Fügung! Jegliche Angst wich von ihr. Wieder überkam sie eine große Müdigkeit und Marielene legte sich erschöpft auf den löchrigen, alten Altarteppich. Augenblicklich fiel sie in einen tiefen Schlaf. Im Traum sah das Mädchen ihren Bruder in dieser Nacht wieder ganz nah, als wolle er ihr die Hand reichen. Hoffnungsvoll und erholt erwachte Marielene am nächsten Tag, verzehrte, wie gewohnt, den

Kanten Brot, der auf wundersame Weise jeden Morgen und Abend wieder in ihrem Bündel lag, als hätte sie ihn nie gegessen, und gab ein paar Krumen den Mäusen ab, die über den Boden huschten.

Als sie aus der Kapelle trat, war alles wieder in weiße Schleier getaucht. Die Nebelfrauen erwarteten das Mädchen bereits, um es einzuhüllen und unsichtbar zu machen, denn dadurch boten sie der einsamen Wanderin auch Schutz vor Gefahren. Es könnten ja Räuber oder Mörder des Weges kommen und dann könnte sich Marielene alleine kaum wehren.

Die Nebelfeen leiteten Marielene den schmalen Weg, der jetzt an einem Waldesrand und über feuchte Wiesenmatten führte.

Es war schon gegen Mittag, da kämpften sich die ersten Sonnenstrahlen durch das milchige Weiß. Nun mussten die Nebelfrauen ihren Schützling verlassen, um sich in Felsspalten, der Flussniederung und unter hohen feuchten Grasbüscheln zurückzuziehen. Die von ihnen zurückgelassenen, tausenden von Tautropfen, glitzerten wie kostbarster Diamantenschmuck an Büschen, Halmen und Blättern und wurden langsam von den Sonnenstrahlen mit ihrer kräftiger werdenden Wärme weggetrocknet. Marielenes Pfad lief nun eine Weile an einem breiten Fluss entlang, der seine silbrigen Wellen in aller Gemächlichkeit in unendliche Fernen schickte.

Erst hatte sie es gar nicht bemerkt, aber immer stärker wuchs eine Freude in ihr, die sie glauben ließ, dass sie ihrem Bruder schon ganz nah war. Eine innere Wärme durchströmte sie und als der Weg allmählich breiter und breiter wurde, wusste sie, dass ihr Ziel nahe war. Der Weg führte geradewegs auf ein weit geöffnetes Tor eines großen Hofes. Er war umgeben von mächtigen Scheunen und geradezu lag ein altes, behäbiges Schloss mit einem dicken Turm.

Marielene hörte laute Stimmen, das Wiehern von Pferden, das Bellen eines Hundes, das Gegacker von Hühnern und spürte auf einmal, wie sehr sie das alles vermisst hatte!
Die Leute, die im Hof arbeiteten, staunten über das Mädchen in zerrissenen Kleidern, das mit einem engelsreinen Gesicht in aufrechter, edler und doch bescheidener Haltung vor ihnen stand und fragte: „Ich suche meinen Bruder. Vielleicht könnt ihr mir helfen?"
„Willkommen auf Schloss Promnitz, Mädchen. Deinen Bruder?", fragten die freundlichen Menschen. „Wie heißt er denn und wie sieht er denn aus?"
„Vor langer Zeit verschwand er mit Gauklern aus unserem Hof. Er ist jünger als ich und müsste mir ähnlich sehen. Sein Name ist Benno ..."
„Benno? Das könnte unser Benno sein! Er steht dort drüben bei den Pferden", antwortete ein Mann. „Benno ist ein Findelkind. Er wurde von Gauklern vor vielen Jahren einfach hier abgegeben. Er war da noch sehr klein, doch immerhin wusste er schon seinen Namen."
Der älteste Knecht zeigte zu den Pferdeställen hin. „Die Pferde sind seine Freunde und er liebt sie über alles", fügte er noch hinzu.
Marielene lief auf den Jungen zu, der sie einen kleinen Augenblick erstaunt ansah, dann aber fielen sich Bruder und Schwester in die Arme. Obwohl sie sich solange nicht gesehen hatten und eigentlich fremd sein müssten, erkannten sie sich sofort.
Im Gutshof sprach sich die Ankunft von Bennos Schwester schnell herum, und aus Freude ließ man es sich nicht nehmen, ein Wiedersehensfest zu feiern, bei dem auch der Gutsherr anwesend war. Für ihn war Benno wie ein Sohn geworden, da er selbst keine eigenen Kinder besaß.
Als Marielene ihm erzählte, von welcher Burg sie stammten, sagte er: „Ja, von dieser Fehde habe ich gehört. Vor

kurzem soll einer der Kontrahenten aus dem Gefängnis entlassen worden sein, es müsste euer Vater sein."
„Unser Vater? Das heißt, er lebt noch?", fragte Marielene verwundert.
„Ja, die Kunde ist mir erst vor wenigen Tagen überbracht worden. Er soll zu seiner Burg zurückgekehrt sein."
Benno und Marielene blickten sich hoffnungsvoll an und fragten ohne zu zögern: „Wäre es möglich, dass wir gemeinsam zu ihm zurückkehren?"
Der Schlossherr überlegte kurz, denn er hatte Benno sehr ins Herz geschlossen und wollte sich nur ungern von ihm trennen. „Ich werde euch beide mit dem Pferdewagen zurückbringen, denn den weiten Weg könnt ihr nicht allein gehen", meinte er.
Schon am nächsten Tag brachte der Gutsherr, wie versprochen, die Kinder zu ihrem Vater zurück, der sie voller Freude in die Arme schloss und immer und immer wieder an sich drückte. Marielene bemerkte gleich, dass ihr Vater sich durch die langen Jahre im Verlies verändert hatte und nun ein milderer Burgherr war, der seine Leute anständig behandelte, und für jeden einen freundlichen Rat wusste.
So ließ der Schlossherr von Promnitz die Kinder bei ihrem Vater zurück. Alles war zu einem glücklichen Ende gekommen, weil Marielene die Suche nach ihrem Bruder nie aufgegeben hatte. Die Nebelfrauen hatten ihr den rechten Weg gewiesen, und ihr eigener Glaube hatte sie geführt.
Fortan wurde am Wiederaufbau der Burg gearbeitet, und sie erstrahlte in schönerem Glanz als je zuvor. Und da nun ein anderer Geist in den Mauern wehte, wurde sie im Volksmund bald die „Burg des Friedens" genannt, denn Streit und Fehden sollte es hier nie wieder geben.
Während Marielene bei ihrem Vater auf der Burg lebte, und ihn mit Rat und Tat unterstützte, spürte Benno im-

mer stärker die Sehnsucht nach Schloss Promnitz, und er kehrte nach einiger Zeit zu seinem Ziehvater zurück. Später erzählten Bennos Kinder die Geschichte von der Felsenhöhle, dem Feenschloss und der verfallenen Kapelle, und diese gaben die Erzählung wiederum an ihre Kinder und Enkel weiter. So wurde die Legende von Marielene und Benno mit den Jahren mehr und mehr zu einem Märchen, das von Wundern, Elfen und Nebelfrauen berichtete, an die die Menschen von damals noch fest glaubten.

Doch wer denkt heute, in dieser modernen Zeit noch an Naturgeister und Wunderwesen? Manchmal, am frühen Morgen, wenn die Sonne noch nicht ganz aufgegangen ist und der Nebel aus der nahen Elbe steigt, glaubt man, sie immer noch sehen zu können, die Nebelfrauen von Promnitz. Mit ihren Nebelschleiern, die über Wege, Wiesen und Weiher schweben, über den Fluss wabern und alles in ein undurchsichtiges, milchiges Weiß tauchen, lassen sie jede Kontur in eine Welt ohne Anfang und Ende verschwimmen. Doch durch die ersten morgendlichen, warmen Sonnenstrahlen werden sie vertrieben, um vielleicht am nächsten Tag wiederzukehren und ihren Tanz von neuem zu beginnen – die wunderbaren Nebelfrauen von Promnitz!

# Der Fluch der Eifersucht

Es war einmal ein junger König, der ein kleines Land regierte, das hoch oben im Norden, direkt am Meer lag. In dem Land herrschte schon lange Frieden, und die Menschen lebten dort glücklich und zufrieden.

Eines Tages führte der König eine hübsche, junge Braut als seine Frau heim. Sie war nicht reich, aus keinem bedeutenden Hause, aber sie war guten Herzens, lieblich und überaus schön. So zog auch in das Schloss das Glück ein, und die Untertanen jubelten ihr zu, wenn sie sich auf den Straßen zeigte.

Wo das Glück herrscht, ist aber auch der Neid nicht weit. Die Prinzessin des Nachbarlandes, die selbst gehofft hatte, den jungen König zu heiraten, blickte voller Neid auf das junge Paar. War sie doch reich, ihr Land sehr groß und sie aus feinstem Hause, und trotzdem hatte er sie verschmäht. Dass sie nicht zu seiner Auserwählten wurde, konnte die Prinzessin nicht verstehen und vor allem nicht verzeihen. Darüber verbitterte sie. Die Missgunst und der Neid gruben sich tief in ihr Gesicht und ihre Seele ein, so dass sich kein Mann mehr fand, um sie zu ehelichen.

Die Freude und Zufriedenheit aber dauerte in dem kleinen Nachbarland am Meer fort. Denn bald wurden hintereinander drei gesunde Prinzen geboren, die zu hübschen Knaben heranwuchsen.

Soviel Gutes konnte die neidische Prinzessin aus dem Nachbarland nicht ertragen, und es kam ihr gerade recht, als die Eifersucht in Gestalt einer bösen Fee zu ihr kam und ihr helfen wollte.

„Ich kann es nicht mehr aushalten“, klagte die enttäuschte Prinzessin. „Ich sitze hier allein in einem riesengroßen, dunklen Schloss und im Nachbarland herrschen Sonnenschein, Freude und Kinderlachen.“

„Ich kann Dir helfen", sprach die Eifersucht mit einem listigen Lächeln. „Wir schicken eine schlimme, ansteckende Krankheit in das Land der Seligen, dann werden wir sehen, wie lange das Glück dort Bestand hat." Da lachten beide hämisch und zufrieden.
„Ich habe aber eine Bedingung", sagte die Eifersucht. „Solltest du einmal glücklich werden, dann gib mir die Hälfte Deines Glückes ab. Ich möchte auch einmal spüren, wie sich dieser Zustand anfühlt."
Damit war die neidische Prinzessin einverstanden und wartete nun, was im glücklichen Nachbarland passieren würde. Und tatsächlich, die Fee der Eifersucht hielt Wort. Es verging kaum ein Jahr, da brachten reisende Kaufleute eine schlimme, ansteckende Krankheit in das kleine Land am Meer, an der fast die Hälfte der Menschen starb. Sie machte auch vor dem königlichen Schloss nicht halt. Die liebe junge Frau des Königs erlag als erste dieser unbekannten Krankheit, dann der älteste Sohn, der Zweite und auch der Jüngste. Der König wusste vor Schmerz nicht ein noch aus und ließ eine zehnjährige Trauer über das Land verbreiten, obwohl die Krankheit schon bald wieder verschwunden war. Niemand, auch nicht die besten Ärzte, konnten sich das Phänomen erklären. Der König trauerte und grübelte und wurde älter und älter. Seine Untertanen rätselten, ob es je wieder Kinderlachen im königlichen Schloss und Nachkommen geben würde und wer das Land regieren könnte, wenn er nicht noch einmal heiraten sollte.
Da schien der König eines Tages seine Traurigkeit überwunden zu haben, denn er nahm eine Einladung zu einem besonderen Fest an. Das Land, in das er jetzt reisen wollte, lag im Osten an der Elbe und wurde von einem prachtliebenden Fürsten regiert. Das Fest, zu dem auch viele andere Fürsten, Könige und wichtige Personen geladen waren, sollte mit einem grandiosen Feuerwerk auf dem breiten

Elbefluss enden. Dieses wollte der Landesvater mit seinen Gästen von dem etwas höher gelegenen Schloss Promnitz beobachten, das direkt am Fluss lag.
Der Schlossherr von Promnitz hatte sieben Kinder, von denen aber nur noch die drei jüngsten Töchter bei ihm lebten. Aufgeregt standen sie an den großen Saalfenstern als die fürstlichen Gäste eintrafen, die alle mit viel Gefolge ankamen. Erst zum Schluss durchritt ein einzelner Gast ganz alleine das breite Hoftor.
„Seht nur", sagte die älteste der drei Schwestern, „das muss der König des einstigen Landes der Glücklichen sein, aber heute nennen es alle das unglückliche Land. Man erzählt, dass ein Fluch vor vielen Jahren seine Frau, seine Kinder und sein halbes Volk an einer bösen Krankheit sterben ließ. Seitdem wird er der einsame, traurige König genannt."
Der Gutsherr von Promnitz hatte seinen Töchtern vor dem Fest von diesem König erzählt. „Der traurige König, dessen tragisches Schicksal ihr nun kennt, wird unter den Gästen sein. Lange hat er gelitten, aber jetzt möchte er noch einmal eine Braut mit heimführen. Er ist sehr reich und wäre sicher eine standesgemäße Partie. Wer von euch

Dreien wäre bereit, ihn zu heiraten und ihm in sein Land zu folgen?"

Die Schwestern schwiegen eine ganze Weile, dann sagte die älteste: „Er ist mir zu alt, lieber nehme ich gar keinen Gemahl."

„Und ich bin ja schon halb verlobt mit einem, der zu mir passt", sprach die mittlere und schüttelte ihren Kopf.

Die jüngste aber, Mathilde, die fast noch ein Mädchen und längst noch nicht erwachsen war, meinte mitleidig, als sie nun durch das Fenster den König allein vom Pferd steigen sah: „Man kann ihn doch nicht weiter so einsam weiterleben lassen. Ich, ja ich werde ihn heiraten, wenn er mich zur Frau nehmen möchte."

So geschah es, dass zum Ende des Festes eine Verlobung im Schloss Promnitz am Fluss stattfand und Mathilde mit dem König in sein Land reiste. Dort wurde die junge Braut festlich empfangen, und das ganze Land jubelte, denn man meinte, dass endlich das Glück zurückkehren würde! Der Fluch der Eifersucht schien nach Mathildes Ankunft gebannt zu sein, weil sie aus Mitleid und Liebe gehandelt hatte.

Es sollte nicht lange dauern, nur bis übers Jahr, als im königlichen Schloss wieder ein Kind geboren wurde, das ein Mädchen war. Voller Freude konnte der König dies noch erleben, doch bald darauf starb er und die junge Mutter übernahm alle wichtigen Aufgaben und zog ihre Tochter alleine groß. Als Königin Mathilde wurde sie eine verehrte Landesmutter und war beim Volk überaus beliebt.

Doch die neidische Prinzessin im Nachbarland, jetzt selbst alt und gebrechlich, wollte noch immer keine Ruhe geben. Sie rief die Fee der Eifersucht wieder zu sich und sprach: „Dass wieder ein Kind, wenn auch nur ein Mädchen, in dem glücklichen Land geboren wurde, konnten wir nicht verhindern. Und dass der König jetzt tot ist, darüber sollte ich mich freuen, denn einst verschmähte er mich. Doch meine späte Rache soll trotzdem weiter über das Land wirken, denn fortan soll dort nie wieder ein König regieren."

Die Fee der Eifersucht nickte willig: „Wenn es Dich glücklich macht, dass dort nie wieder ein König herrschen soll, wird es so sein, und Du gibst mir dafür wieder ein Stückchen Deines Glückes ab. Es wird geschehen, wie du es willst".

Der Fluch sollte über hundert Jahre dauern.

In den folgenden Jahrzehnten kamen immer nur Mädchen im Schloss zur Welt, die aber als spätere Regentinnen ihr Land mit Fröhlichkeit, Herzlichkeit und Mitgefühl regierten, sodass es immer ein Land des Glückes geblieben ist. Die Königinnen besuchten noch so manches Mal Schloss Promnitz am Fluss zum Gedenken an ihre Ahnfrau Mathilde, die dort aufgewachsen war und mit einem viel älteren König als Gemahl in das für sie so ferne Land am Meer gezogen war. Man reiste aber bescheiden ohne viel Pomp und Gepränge, so dass die Bevölkerung diese Aufenthalte gar nicht bemerkte. Irgendwann hörten die Besuche aber auf, und Schloss Promnitz geriet in Vergessenheit.

Die eifersüchtige Prinzessin aus dem Nachbarland wurde hingegen immer verbitterter. Denn das bißchen Schadenfreude und Glück, das sie aus dem Unglück der anderen gezogen hatte, musste sie mit der Eifersucht teilen. So blieb letztendlich kaum noch etwas Freude übrig, und Bitterkeit und Kälte senkten sich über ihr Land. Als sie endlich einsam und verlassen starb, wurde ihr Reich vom Land der glücklichen Königinnen übernommen, die nun über ein noch größeres Territorium herrschen konnten und endlich auch hier eine Zeit der Zufriedenheit hereinbrach.

Ob es tatsächlich ein König aus dem hohen Norden war, der hier seine so junge Braut fand und sie in sein Land

mitnahm, darüber ist nichts aufgeschrieben worden. Und weil die Geschichte von den Menschen nur mündlich weitergegeben wurde und sich dadurch auch veränderte, wurde sie zu einem Märchen.
Aber das große Fest hat stattgefunden, und viele Könige und Herrscher waren nach Promnitz gekommen, um das grandiose Feuerwerk auf der Elbe zu sehen. Davon zeugt noch heute das eiserne Fenstergitter am Hauseingang, das die Initialen des Königs mit der Königskrone zeigt. Auch sein Portrait, welches er als Gastgeschenk mitgebracht hatte, hing noch lange im Festsaal von Promnitz. So war das Schloss an der Elbe für einen Tag und eine Nacht zum Zentrum eines außergewöhnlichen Festes und zum Haus des Kurfürsten und Königs geworden.

# Der dunkle Gang von Promnitz

In grauer Vorzeit, als es noch wilde Wälder mit geheimnisvollen Teichen und Tümpeln gab, lebte eine wunderschöne Eidechse in einem tiefen Wasserloch, das selbst in heißen Sommern nie austrocknete. Am Tage sonnte sie sich auf einem nahen Felsstein, und wenn es ihr zu warm wurde, glitt sie in das kühle Wasser. Der Wald, in dem der Tümpel lag, wurde seit ewigen Zeiten der „dunkle Wald" genannt. Er gehörte zu einem alten Adelshof, der direkt an einem breiten Fluss lag.

Weil es viel Wild in der Umgebung gab, kam der Kurfürst des Landes gern zur Jagd hierher. Da beschloss der Gutsherr auf das alte Gutsgemäuer ein Schloss mit einem schönen Festsaal zu bauen, um seinen hohen Gast ebenbürtig empfangen zu können. So war er bald vom Gutsherrn zum Schlossherrn geworden und konnte die vornehme Hofgesellschaft nach der Jagd standesgemäß zu einem Fest einladen. Das machte ihn sehr stolz, denn wer hatte schon den Fürsten regelmäßig zu Gast?

Während dieser Zeit wuchs seine einzige Tochter Anna-Maria zu einem wunderschönen Mädchen heran. Das bemerkte auch der junge Herzog Victor, der seinen Landesherrn zu diesen Jagden begleitete, und er entbrannte in heftiger Liebe zu ihr. Aber auch Anna-Maria gefiel der junge Herzog Victor über alle Maßen, und ihr Herz klopfte immer bis zum Hals, wenn sie ihn sah. Eines Tages wurde wieder zur Jagd geblasen, und man feierte anschließend im Festsaal des Schlosses am Fluss das erfolgreiche Ende der Hatz. Allen

Gästen fiel bald auf, dass der Herzog nur Augen für Anna-Maria hatte und viel zu oft an diesem Abend mit ihr tanzte. Das sah auch der Fürst mit größtem Unbehagen, denn er hegte schon längst die Absicht, Anna-Maria mit seinem jüngsten Sohn zu verheiraten. Deshalb sprach er noch am selben Abend mit ihrem Vater und schon bald sollte die Hochzeit stattfinden.

Dabei verschwieg der Fürst, dass sein Sohn unreif und noch kindisch war, doch selbst dies hätte den stolzen Vater von Anna-Maria nicht im Geringsten gestört, denn es war eine Ehre in die fürstliche Familie einheiraten zu dürfen. Das würde für seine Stellung und für sein Ansehen von ungeheurem Nutzen sein.

Als Anna-Maria am Ende des Abends von dem Versprechen ihres Vaters hörte, war sie entsetzt, denn niemals wollte sie ohne Liebe heiraten und schon gar nicht so einen Narren, auch wenn er ein Prinz war!

Es war ihr bewusst, dass sie als Tochter zu gehorchen hatte und die Entscheidung ihres Vaters akzeptieren musste, doch sie überlegte fieberhaft, wie diese Hochzeit verhindert werden könnte. Nach langem Überlegen wurde ihr klar, dass sie keine andere Wahl hatte und es nur einen einzigen Ausweg gab: die Flucht und zwar sofort!

Sie bereitete alles still und heimlich vor, denn niemand durfte etwas von ihren Plänen erfahren. Jeder, der ihr helfen würde, müsste mit schlimmen Strafen rechnen, und diese Bürde würde sie nicht tragen können.

Anna-Maria wartete am Tag ihrer Flucht bis Mitternacht, als ihr Vater samt seinem hohen Besuch vom guten Essen und reichlichem Wein fest eingeschlafen war und auch alle Diener und Wächter schläfrig vor sich hindösten.

Sie wusste, dass es im Schloss einen versteckten, langen unterirdischen Gang gab, der neben einem uralten Kellergelass begann und unter dem Fluss zum anderen Ufer zu einem uralten Kloster führte. Von diesem Gang erzählte man sich aber viele gruselige Geschichten. Der Teufel solle dort hausen oder Untote sollen dort ohne Kopf herumirren. Manche erzählten, dass sich dort sogar Mörder und andere Schandtäter versteckten!

Anna-Maria war noch nie zuvor im Gang gewesen, denn es war schon lange verboten, den uralten Tunnelweg zu betreten, weil man fürchtete, dass er jeden Tag einbrechen könne. Heute hatte sie aber keine Angst, denn es war der einzige Weg in ihre Freiheit. Und sie wollte lieber in dem Gang sterben als unglücklich an der Seite eines Menschen leben, den sie nicht liebte. Sie betete und hoffte inständig, dass Schutzengel sie begleiten, schützen und sicher aus dem Schloss bringen würden. Sie betete zu Maria, der Mutter Gottes, und zu ihrer eigenen Mutter Anna, deren beider Namen sie trug.

Als die Turmuhr in der Nacht zwölf Mal schlug, hatte Anna-Maria ihr Bündel mit etwas Kleidung schon gepackt und war in einen alten dunklen Umhang geschlüpft, den sie im Kapellenraum gefunden hatte und dessen Kapuze nun ihr langes schönes Haar verbarg. Leise, den Atem anhaltend, schlich sie zu dem Eingang des verborgenen Tunnels, neben dem auch ein finsteres Verlies für Gefangene vor sich hinmoderte. Vorsichtig öffnete sie die schwere Eisentür einen Spalt, sodass sie gerade durchschlüpfen konnte und zog die Tür wieder hinter sich zu. Mit zitternden Händen zündete sie die Kerze ihrer Laterne an, deren flackerndes Licht geisterhafte Schatten an die Wände malte, und den Gang kaum ausleuchtete. Vor ihr lag eine schmale Treppe, die ins Dunkel hinabführte. Anna-Maria erschauerte, doch es gab keinen Weg zurück!

Sie kletterte vorsichtig die groben Quadersteine, die als Stufen dienten, hinab. Als sie unten endlich angekommen war, tastete sie sich vorsichtig auf den glitschigen Pflastersteinen voran. Schritt für Schritt ging es weiter in die Finsternis und als Wassertropfen von der grob gehauenen Decke fielen, ahnte sie, dass jetzt der breite Fluss über ihr sein musste. Der Untergrund wurde nun immer matschiger. Bald waren ihre Schuhe durchnässt, doch Anna-Maria spürte es nicht, denn ihr Herz schlug laut, und sie wollte so schnell wie möglich diese Unterwelt durchqueren. Zu ihrem Erstaunen und Erleichterung begegneten ihr aber weder Teufel noch Gauner, und der Gang war auch an keiner Stelle eingebrochen.

Endlich wurde die Luft wieder frischer, Treppen führten nach oben und sie sah eine Tür, die von Pflanzen umschlungen war. Mit ihrer ganzen Kraft drückte sie sich gegen die Tür, die sich widerwillig öffnen ließ, und es empfing Anna-Maria eine sternenklare Nacht. Vor ihr lag das uralte Kloster, wo man früher bei den Nonnen Zuflucht und Rettung gefunden hatte, wenn man dem Joch einer erzwungenen Ehe entgehen wollte. Anna-Maria aber wollte nicht gänzlich ohne Liebe mit einem Manne leben – Victor hatte ihr eine Ahnung davon gegeben, was ein glückliches Leben bedeuten könne, und mit ihm würde sie ein neues Leben beginnen!

Anna-Maria sank für ein Gebet auf die Knie und dankte Maria und ihrer Mutter Anna, dass sie bei der gefährlichen Flucht schützend ihre Hände über sie gehalten hatten.

Den Schutz der Nacht nutzend, eilte Anna-Maria über Feld- und Wiesenwege und erreichte den „Dunklen Wald“, ihres Vaters, der nun ihre Rettung war. Sie folgte lange Zeit einem Hohlweg, der sich nach geraumer Zeit als schmaler Pfad in den wilden Gebüschen verlor. Jetzt überkam Anna-Maria doch Ratlosigkeit und Zweifel, denn wie sollte es weitergehen und wohin wollte sie eigentlich fliehen?

Müdigkeit und Erschöpfung nahmen von ihrem Körper Besitz. Das Licht der Sterne, das ihr bisher den Weg beleuchtet hatte, half ihr auch jetzt, denn das Sternenlicht fiel auf das Wasser eines Tümpels mit einem bemoosten Ufer. Hier wollte sie ein wenig rasten, dachte sie, und ließ sich auf den weichen Grund nieder, wickelte den Umhang fest um sich und fiel sofort in einen tiefen Schlaf.

Im Traum erschien ihr Victor, der junge Herzog, der ihr sehnsüchtig zuwinkte. Als sie wieder erwachte, glaubte sie zu wissen, dass er sie suchen und finden würde. Und dann würde er sie beschützen und an einen sicheren Ort bringen. Die hellen wärmenden Sonnenstrahlen hatten inzwischen die Sterne erblassen lassen. Auf einem der großen Felsensteine, ganz in ihrer Nähe, sonnte sich eine schillernde Eidechse, die sie mit Erstaunen anstarrte. Gerne wollte Anna-Maria noch länger an dieser friedlichen Stelle verweilen und die wunderliche Eidechse betrachten. Doch im gleichen Augenblick kehrten ihre Gedanken in die Gegenwart zurück: Sie war auf der Flucht, ganz alleine mit der Hoffnung, dass alles gut werden würde.

Sie dachte wieder an Victor und wollte ihm ein Zeichen hinterlassen, denn er würde sie suchen – das wusste sie sicher. Anna-Maria knotete ein Taschentuch, das mit ihrem Namen bestickt war, an den obersten Zweig eines Dornenbusches und hoffte von ganzem Herzen, dass Victor den gleichen Weg nehmen und das Zeichen finden würde. Im klaren Wasser des Tümpels wusch sie sich, nahm ein Stück Kuchen aus ihrem Bündel als Frühstück und brach auf.

Im Schloss hatte man am nächsten Tag bemerkt, dass Anna-Maria fehlte. Da war die Aufregung groß. War sie entführt worden oder vor der Hochzeit geflohen, weil ihr Herz vielleicht schon einem anderen gehörte? Längst wusste Jedermann, dass Anna-Maria und der junge Herzog Victor ineinander verliebt waren, doch niemand wagte es auszusprechen. Man suchte sie den ganzen Tag im Schloss und auf allen Wegen in der Umgebung, doch nir-

gends war eine Spur von ihr zu finden und niemand hatte etwas gesehen.
Herzog Victor indessen hatte gehofft, sie wie jeden Morgen im Kräutergarten an der hinteren Schlossmauer zu treffen, aber er wartete vergebens. Er ahnte, dass Anna-Maria geflohen war, denn auch er hatte von den Hochzeitsplänen ihres Vaters erfahren.
Victor fragte sich, wie sie weggelaufen sein konnte: War sie etwa über den Fluss entkommen? Ob der Fährmann ihr geholfen hatte? Doch der Fährmann verneinte – er habe geschlafen, denn nachts geht seine Fähre nicht, das sei wegen der großen Steine im Wasser viel zu gefährlich.
Der Kurfürst, dem es auch bald zu Ohren gekommen war, dass die versprochene Braut seines Sohnes unauffindbar war, wurde überaus wütend. Und Anna-Marias Vater ahnte, welche Schande das Verschwinden seiner Tochter über sein Haus bringen konnte.
Bald schon wurde gemunkelt, dass der Herzog etwas mit dieser Ungereimtheit zu tun haben könnte. Als sein treuer Begleiter und Diener, Jonas, von diesen Gerüchten hörte, berichtete er alles sofort seinem Herrn. „Wir müssen ebenfalls augenblicklich die Flucht antreten, um Verhören und peinlichen Befragungen aus dem Weg zu gehen“, erkannten beide.
Schon in den frühesten Morgenstunden des nächsten Tages gelang es Herzog Victor mit seinem Diener und den Pferden leise zur nahen Fähre zu gelangen, denn Victor war überzeugt, dass Anna-Maria nur diesen Weg genommen haben konnte, auch wenn der Fährmann es nicht verriet. Er wurde nun geweckt und mit einer reichlichen Menge Geld bestochen, damit er sie sicher ans andere Ufer setzen und niemandem etwas verraten würde.
Wie von unbekannten Mächten gezogen, ritt Victor den gleichen Feldweg zum „Dunklen Wald“ und war bald mit

Jonas auf dem selben Hohlweg unterwegs, den zuvor Anna-Maria genommen hatte. Es wurde ein schwüler heißer Tag und Victor war froh, hier mitten in der Wildnis an einen Tümpel zu rasten, wo seine Pferde ihren Durst stillen konnten.

Die Eidechse, die sich gerade auf ihrem Stein von den Sonnenstrahlen erwärmen ließ, beobachtete die Reiter verwundert. Plötzlich erblickte Victor das weiße Tüchlein am Busch und als er es abnahm und das Monogramm sah, schlug sein Herz vor Freude und Sehnsucht. Seine Anna-Maria war hier gewesen, und er war auf dem richtigen Weg. Nun wusste er: Er würde sie finden!

Doch während Anna-Maria quer durch den Wald weitergewandert war, nahmen Victor und Jonas den bekannten Hohlweg. Hier wurden sie bald von den Häschern des Fürsten entdeckt, die Herzog Victor vom Pferd zerrten, ihn fesselten, auf einen hölzernen Karren warfen und siegessicher den Rückweg antraten. Jonas aber gelang die Flucht, denn bei der Übermacht war es nicht möglich seinem Herrn beizustehen und sich zu wehren. Er versteckte sich in den dunklen Gebüschen und wollte später versuchen, seinen Herrn zu retten.

Zur gleichen Zeit war Anna-Maria schon viele Stunden weiter durch den dunklen Wald gegangen. Ihre Schuhe waren kaputt und ihre schönen Gewänder durch Dornen und Geäst zerrissen. Als Nahrung fand sie nur hier und da ein paar wilde Beeren. Schon wollte sie die Hoffnung aufgeben, je einen Menschen zu treffen, der ihr weiterhelfen könnte, da wurde der Wald heller und sonniger, und sie erblickte auf einer Lichtung ein altes kleines Haus. Voller Freude ging sie auf die offene Haustür zu und sah erleichtert, dass die Hütte bewohnt war, denn auf der Feuerstelle stand ein Topf mit Suppe. Hungrig nahm sie davon ein paar Löffel und sank ermüdet auf ein Bett, das sie in der

hintersten Ecke des Raumes entdeckte und schlief vor Erschöpfung sofort ein.
Kurz darauf trat ein junges Mädchen mit zwei Ziegen aus dem Wald und ging auf das Haus zu. Wie jeden Tag hatte sie die Tiere in der Abenddämmerung von einer nahen Waldwiese geholt und brachte sie nun in einem kleinen Stall am Haus unter. Als das Mädchen den einzigen Raum der Hütte betrat, sah sie voller Erstaunen eine Gestalt auf ihrem Bett liegen, die mit edlen, wenn auch zerrissenen Gewändern bekleidet war, nur der alte Umhang, der vor dem Bett am Boden lag, wollte nicht dazu passen.
Bald darauf kam noch ein alter Mann herein.
„Sieh mal Großvater, wen wir da als Gast haben“, flüsterte das Mädchen.
Der alte Mann war ebenfalls sehr verwundert über die Schlafende und meinte leise zu seiner Enkelin: „Wenn sie wieder erwacht, werden wir erfahren, Barbara, wer sie ist, und warum sie hierher kam.“
Beide löffelten schweigend die Milchsuppe und begaben sich auf die Schlafplätze, wobei das Mädchen sorgsam eine Felldecke über die Fremde breitete und ebenfalls hinunter schlüpfte.
Am nächsten Morgen stand der Großvater, wie jeden Morgen, früh auf. Auch Barbara erwachte und erhob sich vorsichtig. Nachdem sie sich draußen am Brunnen gewaschen und angezogen hatte, schürte sie die Glut der Herdstelle neu an und kochte die tägliche kräftige Suppe aus Ziegenmilch.
Endlich erwachte Anna-Maria und sah sich voller Verwunderung um: „Wo bin ich?“, fragte sie erstaunt.
„Du bist im Haus des Waldhüters. Er ist mein Großvater, und ich bin seine Enkelin Barbara,“ erklärte das Mädchen und setzte sich an den Bettrand. „Und wer seid Ihr?“, fragte sie einfühlsam, denn sie ahnte schon, dass das edle Fräulein

vor irgendetwas auf der Flucht war. Da erzählte Anna-Maria ihre Geschichte und fragte, ob sie hier auf ihren Herzog warten könne.
Der Großvater und Barbara überlegten lange, da sie die Rache des Gutsherren fürchteten, doch nachdem alle drei die tägliche Milchsuppe gegessen hatten, gestatteten sie Anna-Maria bei ihnen zu bleiben.
Der Großvater ging wieder seiner Arbeit im Wald nach und Barbara sagte: „Ich muss die Ziegen jeden Tag zur Lichtungswiese bringen, dort wachsen die besten Kräuter und dadurch ist ihre Milch so kräftig und nahrhaft. Bleib du nur hier und verstecke dich, wenn Gefahr droht. Ich bin bald zurück."
Barbara war schon fast an der Wiese angelangt, als ihr ein junger Mann ganz allein entgegenkam. Er grüßte und bat sie um Auskunft, wohin der Weg führen würde.
Barbara fragte, wohin er denn wolle und der junge Mann antwortete: „Wenn ich das nur wüsste, denn man hat meinen Herrn, den Herzog Victor, gefangen genommen. Ich konnte gerade noch fliehen und zermartere mir den Kopf, wie ich ihn retten kann", berichtete er.
Barbara hatte schnell begriffen, dass die Geschichte des Fremden und die Flucht des Fräulein in der Hütte vielleicht zusammengehörten.
„Komm mit mir, vielleicht kann dir und deinem Herrn geholfen werden", antwortete Barbara deshalb.
Jonas war sehr erleichtert und konnte es kaum glauben, als er wenig später Anna-Maria in dem kleinen Waldhaus wiedersah. „Wir fanden dein Taschentuch an einem einsamen Tümpel und wussten, dass wir dir auf der Spur waren. Aber zurück auf dem Hohlweg ereilte uns das grausame Schicksal und Victor wurde gefangen genommen".
Anna-Maria war von der Schilderung Jonas` tief bedrückt. „Wir müssen sofort etwas unternehmen! Man hat

ihn sicher in das Verlies meines Vaters geworfen und wird ihn dort verhungern lassen oder gleich verurteilen und töten", befürchtete sie.

Jonas hatte plötzlich eine Idee, als sein Blick auf den Kapuzenumhang fiel. „Ich werde mich als Mönch verkleiden und ausgeben. So erhalte ich Zutritt zu den Gefangenen. Barbara könnte ebenfalls mit mir kommen und sich als Küchenmagd verdingen. Dann erfährt sie alle Neuigkeiten, und wir finden den günstigsten Zeitpunkt heraus, meinen Herrn zu befreien."

Barbara stimmte zu, und Anna-Maria war gerührt von der Hilfsbereitschaft der beiden.

„Ich kenne einen geheimen Fluchtweg. Es ist die beste Möglichkeit zu entkommen, und der Weg, den auch ich genommen habe. Ihr müsst durch einen langen, dunklen Gang entfliehen, der unter der Elbe entlang führt und im Kloster am anderen Ufer endet. Das Verlies liegt direkt neben dem Eingang, der von einer großen, eisernen Tür verschlossen ist."

Sie erklärte den beiden genau, wo der Gang lag und wie man ihn durchqueren könne.

Barbara gab indessen Anna-Maria eines ihrer einfachen Kleider und zeigte ihr, wie man Milchsuppe kochte und Brot backte und wie sie sich um die Ziegen kümmern könne.

„Melken wird mein Großvater, und er wird auf dich achten, denn du bist jetzt seine Enkelin Barbara, falls jemand nach dir fragen sollte."

Anna-Maria gab ihr das Taschentuch: „Hier, nehmt es mit als Erkennungszeichen, denn in der Dunkelheit des Kerkers wird euch Victor nicht erkennen und euch vielleicht nicht glauben."

Schon am nächsten Morgen brachen Barbara und Jonas auf. Sie gelangten schnell durch den Wald, denn Barba-

ra kannte alle Wege und Abkürzungen. So erreichten sie gegen Abend als Mönch und Küchenmagd verkleidet, die Fähre bei Promnitz und baten den Fährmann, sie hinüber zum Schloss zu bringen.
Am Tor des Schlosses fragten sie, ob man ihnen für die Nacht ein Dach über dem Kopf gewähren würde.
Die Wachen öffneten das schwere Tor und ließen sie eintreten: „Dich können wir gut in der Küche gebrauchen, Mädchen, denn morgen erwarten wir hohen Besuch. Es soll das Urteil über den Herzog Victor gesprochen werden, und dazu kommt der Fürst extra aus der Residenzstadt her. Ihr seht, hier gibt es viel zu tun. Und der Mönch kann dem Gefangenen ja seine letzte Beichte abnehmen."
In der Küche war man über jede helfende Hand dankbar. Barbara bekam, wie erhofft, gleich den Auftrag, den Gefangenen mit Wasser und Brot zu versorgen. Es sollte seine Henkersmahlzeit werden, doch niemand mochte ihm das Essen in die finsteren Keller bringen.
„Ich mache alle Dienste", erwiderte Barbara. Die übrigen Mägde waren erleichtert, denn keine von ihnen wollte an diesen grusligen Ort.
Barbara machte sich auf den Weg, wobei ein Wachmann sie begleitete und zu den Kellerräumen und dem Verlies führte. Schweigend gab sie dem Gefangenen das Essen durch die aufgeschlossene Tür und sah, dass er selbst hier im Gefängnis seine stattliche stolze Haltung nicht aufgegeben hatte. Das musste also Herzog Victor sein! Den Rückweg prägte sich Barbara ganz genau ein und kannte nun den Weg zum Verlies.
Indessen wurde Jonas vom Hausherrn empfangen. Durch seine Mönchskutte und die tief ins Gesicht gezogene Kapuze konnte er in der Abenddämmerung nicht erkannt werden. Man ließ Milde walten und erlaubte ihm, gemeinsam mit Herzog Victor vor dessen Verurteilung um

G·V K·AG V·S
1603
S. Gröbner 2021

sein Seelenheil zu beten.Die Wache führte nun auch Jonas, den Mönch, zu dem Kellerverlies. Man öffnete die Gittertür und ließ ihn hineingehen. Jonas begrüßte den Gefangenen, indem er ihm das Kreuz auf seine Stirn zeichnete. Als der Wachsoldat sich ein Stückchen entfernt und auf einen Hocker gesetzt hatte, steckte Jonas vorsichtig seinem Herrn das Tüchlein zu und flüsterte: „Ich bin es, Jonas".
Viktor erkannte seinen treuen Gefährten an der Stimme und drückte ihm bewegt die Hand.
Jonas begann mit einem Gebet und flüsterte seinem Herrn dazwischen kurze Informationen zu.
Victor war erleichtert, denn er wusste nun, dass Anna-Maria lebte und Jonas gekommen war, um ihn zu retten. Doch wie sollte das gehen? Seine Gedanken überschlugen sich. Jonas betete weiter und sagte Worte wie, heute Nacht, die Rettung kommt.
Zu ihrem Glück war es eine stürmische Nacht. Der Wind heulte um den großen Turm, der Regen klatsche gegen die kleinen Butzenscheiben, und es klapperte und schepperte an jeder Ecke. Kaum ein Wort des Mönches war für die Wachen zu verstehen und sie waren froh und erleichtert, endlich wieder die Kellerräume verlassen zu können. Jedermann suchte ein sicheres Plätzchen, um dieses Unwetter heil zu überstehen, das hoffentlich morgen vorüber sein würde.
Die zwölfte Stunde, die die Turmuhr in der Nacht schlug, war in dem Getöse kaum zu hören. Da schlichen sich zwei Gestalten zu den Kellergewölben, es waren Jonas, der immer noch als Mönch verkleidet war, und Barbara die Magd. Beide kannten nun den Weg und kamen trotz der Finsternis am Verlies an, denn eine Kerze hatten sie nicht gewagt, anzuzünden. Die Gittertür war mit einem Schloss gesichert und ein Wächter, der dort im Keller Wache hielt, trug den Schlüssel. Jonas trat zu dem Mann, der vor Angst

vor dem Unwetter schlotterte, denn jedermann im Schloss befürchtete den Weltuntergang. Blitz auf Blitz folgte und der Donner ließ die alten Gewölbe erzittern.

„Guter Mann, gebt mir den Schlüssel zum Verlies“, bat Jonas mit gespielt dunkler Stimme. „Ich muss mit dem armen Gefangenen beten, denn wahrscheinlich hat bald sein letztes Stündlein geschlagen. Ich werde auch für dich bei unserem Herrgott ein gutes Wörtlein einlegen und dich vor Krankheit und Tod bewahren“.

Der Wächter zögerte nicht und gab nur zu gerne den Schlüssel heraus, hoffte er dadurch mit dem Leben davonzukommen, und kauerte sich wieder in seine Ecke.

Das rostige Schloss ließ sich nur schwer öffnen und drinnen stand Victor schon bereit. Noch ehe der Wächter etwas bemerken konnte, schlüpfte Victor durch die Tür, und im Schutz der Dunkelheit hasteten alle drei zu dem Gang mit der großen Eisentür, die ihnen Anna-Maria beschrieben hatte.

Barbara zündete eine Laterne an und sie stiegen im Schein des schwankenden Lichtes die hohen Quaderstufen hinab und waren im Schlund des dunklen Ganges verschwunden. Victors Herz schlug laut vor Aufregung, und er konnte kaum glauben, dass Anna-Maria hier ganz alleine entlang geeilt war. Auch Barbara musste ihren ganzen Mut zusammen nehmen, diesen grusligen Weg zu gehen. Aber sie vertraute Jonas und hielt sich dich hinter ihm.

Nach endloser Zeit, wie es ihnen schien, führten wieder Stufen nach oben und sie traten endlich ins Freie. Regen, Sturm, Blitz und Donner erwartete sie, doch sie wussten, dass dieses Unwetter ihr Verbündeter war. Über die Feldwege liefen sie schneller, als ihre Beine sie tragen konnten und atemlos und durchnässt erreichten sie den „Dunklen Wald“, den Hohlweg und schließlich den Waldtümpel, der jetzt wie ein schwarzes Loch vor ihnen lag. Aber Victor

war glücklich: hier war er bereits gewesen und hier hatte er das Tüchlein von Anna-Maria gefunden. Er schlug vor, an diesem Ort endlich eine Rast einzulegen und bis zum Morgengrauen zu warten, denn in der Dunkelheit würde selbst Barbara den Weg nicht finden.
Das Unwetter hatte sich in der Nacht ausgetobt. Ein strahlend schöner Tag begann, der bald ihre nasse Kleidung trocknete. Und wieder saß dort die Eidechse auf einem Stein und blickte verwundert auf die Menschen, die hier Rast gesucht hatten.
Den Hohlweg mieden die Flüchtenden und kamen über kaum sichtbare Waldpfade, die Barbara nur zu gut kannte, an das Haus des Waldhüters an.
Gab es je ein schöneres Wiedersehen als das zwischen Victor und Anna-Maria? Sie fielen sich in die Arme und wussten, dass sie für immer zusammengehörten. Auch Jonas gestand der mutigen Barbara seine Liebe und bat sie, mit ihm zu kommen.
„Geh nur mit Barbara“, antwortete der Großvater, „ich bin alt und habe nur noch wenig Zeit auf dieser Erde. Ich wollte sowieso zurück ins Dorf ziehen, denn die Arbeit im Wald ist mir in meinem Alter schon lange zu anstrengend.“
Barbara dankte ihrem Großvater und schloss Jonas glücklich in die Arme.
„Ihr solltet sofort weiterziehen und euch sobald wie möglich in Sicherheit bringen“, riet der greise Großvater. „Und du sollst glücklich werden, mein Kind.“ Er strich Barbara über die Haare und küsste sie zum Abschied auf die Stirn.
„Die Grenze zu meinem Herzogtum beginnt schon dicht hinter dem ‚Dunklen Wald´. Und dort wird man mich erkennen und sicher zu meinem Schloss geleiten“, warf Victor ein. „An meinem Hof wird es Barbara wohl ergehen.“
Sie brachen sofort auf und erreichten am Abend die Grenze zu Victors Herzogtum. Erleichtert wurde der lang ver-

misste Herrscher von seinen Untertanen empfangen und im Triumph zu seinem Schloss begleitet.
Schon wenig später fand die Hochzeit zwischen den beiden Paaren statt, und niemand konnte dagegen etwas unternehmen. Anna-Marias Vater beruhigte sich, da er sah, wie glücklich seine Tochter war. Der Kurfürst aber, dessen Sohn Anna-Maria eigentlich hätte heiraten sollen, wurde besänftigt und ließ es sich schließlich wohlgefallen. Denn er erhielt ein paar kostbare Pferde für die Jagd und war auch in Zukunft Gast auf Schloss Promnitz.
So fand die Geschichte von Anna-Maria und Victor, wie in allen Märchen, ein glückliches Ende.
Und gab es den Gang von Schloss Promnitz unter der Elbe bis zum Kloster an dem anderen Flussufer nun wirklich? Von seiner Existenz wird bis heute erzählt. Doch niemand weiß bisher so recht, wo er eigentlich liegt und wo sein Eingang ist. Aber vielleicht wird man ihn eines nicht so fernen Tages doch noch finden, und wer weiß, welche Geheimnisse noch in ihm schlummern.

# Über die Autorin

Marianne von Wolffersdorff schrieb schon als Kind und Jugendliche Geschichten und Gedichte, die sie zum Teil auch selbst illustrierte. Nach ihrer Ausbildung als Malerin und Bildhauerin war sie durch viele öffentliche Aufträge und Ausstellungen künstlerisch tätig, wobei ihr als begeisterter Reiterin und Hundefreundin besonders Tiermotive am Herzen lagen. Die Mutter dreier Kinder betrieb ein eigenes Atelier, gab Modellierkurse für Kinder und Erwachsene und war jahrelang als Dozentin an der Volkshochschule Erlangen-Röttenbach tätig.
Nach dem Umzug von Röttenbach in Franken zurück nach Bad Pyrmont, wo sie und ihr Ehemann aufgewachsen waren und das Gymnasium besucht hatten, gab sie die bildhauerische Tätigkeit auf und widmete sich jetzt ganz der Schriftstellerei und Familienforschung.
Sie erforschte mit Hilfe vorhandener Aufstellungen, Lebensberichte, Briefen und alten Fotos ihre eigene Familiengeschichte sowie die Genealogie ihres Mannes, wodurch mehrere Familienbücher entstanden und letztlich eine neue Familienchronik der Wolffersdorffer, eingebettet in die deutsche Geschichte, geschrieben wurde.
Das Schreiben von Erzählungen und Romanen blieb aber ihre große Leidenschaft. Nach einer Edition von zehn kleinen Romanen mit historischen Kernen von ehemaligen Rittergütern der Familie, schlossen sich die Promnitzer Chronik und ein Kinderbuch über Promnitzer Geschichten an, um nun eine neue Ausgabe Promnitzer Märchen hinzuzufügen.

# Über den Illustrator

Steffen Gröbner wurde 1974 in Dresden geboren. Von 1991 bis 1995 absolvierte er eine Lehre als Porzellanmaler und rundete seine künstlerische Ausbildung in der Zeichenschule der Meißner Porzellanmanufaktur ab. 1992 begann er eine Ausbildung in Malerei und Grafik bei den akademischen Malern Manfred Wünsche, Heinz Löffler und Ulrich Jungermann in Meißen. Vervollständigt wurde seine Ausbildung durch den Besuch der Meißner Jugendkunstschule.
In den Jahren 1996 bis 2003 wirkte er in der Abteilung Aquatinta in der Meißner Porzellanmanufaktur. Zeit seines Lebens prägte ihn die romantische Freilichtmalerei. Seit 2004 ist Steffen Gröbner freischaffend als Maler und Grafiker tätig.
Er wurde ins„Allgemeinen Lexikon der Kunstschaffenden in der bildenden und gestaltenden Kunst des ausgehenden XX. Jahrhunderts“ aufgenommen.

# Wie die Märchen entstanden

Märchen sind meist frei erfundene Erzählungen, die weder zeitlich noch örtlich festgelegt sind. Aber sie entstanden durch Ereignisse und wundersame Begebenheiten, die Menschen beeindruckt haben oder die sich Menschen vor hunderten von Jahren nicht erklären konnten. Sie wurden von einer Generation zur nächsten weiter überliefert. Der ursprüngliche Kern blieb meist erhalten, doch die umrankenden Berichte veränderten die Urgeschichten, machten sie zu Legenden und Mythen, bis sie eines Tages aufgeschrieben wurden und bis heute unverändert in Büchern festgehalten wurden. Die Brüder Grimm, die zu den wichtigsten deutschen Märchenerzählern gehören, sammelten auf Dörfern und Ortschaften in Niedersachsen die von Großmüttern und Märchenerzählerinnen vorgetragenen Geschichten und ließen 1812 ihre ersten Märchenbücher drucken.

Die sieben Märchen von Schloss Promnitz sind in der heutigen Zeit entstanden, lehnen sich aber in Inhalt und Form an die Geschichten der Brüder Grimm an. Der bewusst am 19. Jahrhundert orientierte Stil soll den Eindruck vermitteln, dass es sich hierbei um alte, überlieferte Legenden handelt.

Marianne von Wolffersdorff hat dabei tatsächliche Begebenheiten und Orte in die Geschichten einfliessen lassen, die einen konkreten Bezug zum Schloss Promnitz haben. So wurde in jeder Erzählung die Verbindung zu einem bestimmten Ort auf dem Gutsgelände hergestellt, sodass man als Leser auch sieben Stationen entdecken kann und die Geschichten zuordnen kann. Auch die Zeiten und Jahre, in denen sie ihre Geschichten verortet, sind sehr konkret: 1945 „Der tiefe Brunnen", 1890 „Rosalinde", 1730 „Das Taubenhaus", 1900 „Das Uhrenmännchen", 1550 „Von Elfen und Nebelfrauen", 1850 „Der Fluch der Eifersucht" und 1603 „Der dunkle Gang".

Teilweise sind auch Elemente aus dem Leben der Autorin eingeflossen, sodass jedes dieser Märchen zusätzlich einen sehr persönlichen Bezug hat.

# Zu den einzelnen Märchen

## Der Krötenbrunnen

Im Winter 1944/45, fast am Ende des Zweiten Weltkriegs, kamen die ersten Trecks aus Ostpreußen, Pommern und Schlesien nach Promnitz. Sie blieben ein, zwei Tage zur Rast und zogen dann weiter westwärts. Auf der Flucht von Pommern gen Westen, den die Autorin als kleines Kind selbst erlebte, verlor sie ihr einzig mitgenommenes Spielzeug – ihre Lieblingspuppe.

Auch das kleine Mädchen Nora gab es wirklich. Sie stand plötzlich mit ihrem Schäferhund auf dem übervollen Bahnsteig zwischen all den Flüchtlingen, Soldaten und Gepäck vor uns und bat meine Mutter, sie mitzunehmen. In den Wirren und dem Chaos am Ende des Zweiten Weltkrieges gab es viele verlorengegangene Kinder, und jedes dieser Schicksale war überaus tragisch. Meine Mutter informierte die Bahnhofsmission, die sich dieses kleinen Mädchens annahm, denn mitnehmen konnte meine Mutter sie nicht, wir waren ja selber auf der Flucht.

Der abgetragene Brunnen in Promnitz wurde wiederaufgebaut, und heute sitzt eine versteinerte Kröte am Brunnenrand. Deshalb wird er der „Krötenbrunnen" genannt.

## Rosalinde

Auf Schloss Promnitz gab es eine Rosenzucht der berühmten Marschal-Niel-Rosen, die von der letzten Besitzerin erfolgreich betrieben wurde. Im kleinen Hof zwischen den beiden Schlossflügeln stand eine uralte Linde. Als der Blitz in sie einschlug und spaltete, versuchte man sie mit einem eisernen Ring, den man an ihrem Stamm anbrachte, zu erhalten. Denn Linden gelten seit Urzeiten als heilige Bäume und werden oft im Dorfzentrum oder

im Zentrum eines Gutshofes gepflanzt. Sie sollen sich mit den Kraftorten, an denen sie stehen, vereinen, um den Menschen Schutz, Geborgenheit und Hoffnung zu vermitteln. Mit ihren Blüten geben sie Insekten Nahrung und den Menschen Heilung.
Nach 1945 wurde die alte Hoflinde gefällt und diente, wie viele ebenso alte Bäume des Rittergutes, den Vertriebenen, die nun die Schlossgebäude bewohnten, im eiskalten Winter als Brennholz.

## Das Taubenhaus im Hof

Taubenhäuser gehörten früher zu vielen Bauernhöfen oder Rittergütern. Auch in Promnitz wurden Tauben gehalten. Friedrich August I. (1670–1733), der Starke genannt, war zu seinem legendären Zeithainer Lager im Jahre 1730 mit seinem Sohn Friedrich August II. und dessen Gemahlin, der Habsburger Kaisertochter Josepha zu Gast auf Schloss Promnitz, wodurch es für einen Tag und eine Nacht „das Haus des Königs“ wurde.

## Das Uhrenmännchen

Schloss Promnitz besitzt einen hohen Turm mit einer Turmuhr. Während heute die Uhren elektronisch in Betrieb sind, musste man sie früher von der Hand aufziehen. Die Tochter des letzten Rittergutsbesitzers, der 1945 mit seiner Familie enteignet wurde und Promnitz verlassen musste, erzählte: „Unser Kutscher Max Weber stieg wöchentlich einmal auf den Turm, um die Turmuhr mit ihren zwei Glocken aufzuziehen“. Im Turm gibt es eine kleine runde Turmstube, von der die steile Treppe und Leiter weiter hinaufführen. Im mächtigen Dachboden liegt gleich neben dem Aufgang zur Turmspitze eine kleine Wohn- und Schlafstube, in der im Märchen das Uhrenmännchen hauste.

## Von Elfen und Nebelfrauen

In diesem Märchen verarbeitet die Autorin ein ganz persönliches Schicksalsdrama ihrer Familie. In den Wirren des Zweiten Weltkrieges ging ihr kleiner, gerade geborener Bruder verloren. Von ihm wurde nie gesprochen und erst Jahrzehnte nach dem Tod der Eltern erfuhr sie davon. Die anschließende Forschung und Suche nach ihm blieben leider erfolglos. Die aufsteigenden Nebel von Promnitz erlebt man noch heute bei besonderen Wetterkonstellationen – sie wabern als Dunstschleier und Gespinste über den Boden, wobei man in eine lautlose Umgebung eintaucht, deren Zauber und Magie nicht von dieser Welt sind.

## Der Fluch der Eifersucht

Schon im Kindesalter bekam ich diese Geschichte aus der Pyrmonter Chronik erzählt. Als ich später in dem Waldeck`schen Schloss in Pyrmont an jenen Fenstern im Festsaal stand, in dem sich diese historische Handlung abgespielt hatte, kam sie mir so märchenhaft vor, dass ich sie nie vergaß. Dieses familiäre Ereignis nutzte ich nun in meinen Erzählungen, wodurch ein literarisches Band zwischen Pyrmont und Promnitz entstand.
Wilhelm III. Prinz von Oranien-Nassau (1817–1890) wurde nach dem Tod seines Vaters 1845 König der Niederlande. Er heiratete seine Cousine Sophie von Württemberg (1818–1877). In der unglücklich verlaufenden Ehe verstarben seine drei Söhne lange vor ihm. Es bestanden Verbindungen zwischen dem niederländischen Königshaus und dem fürstlichen Haus zu Waldeck in Arolsen und Pyrmont. Im Wasserschloss in Pyrmont hielt sich die fürstliche Familie während der Sommermonate auf, deshalb kündigte hier eines Tages der niederländische König seinen Besuch zur Brautschau an. Die drei Prinzessinnen standen, laut der Überlieferung, tatsächlich an den Saalfenstern und sahen den König über

die Zugbrücke kommen, wobei die älteren Schwestern gesagt haben sollen, der ist mir viel zu alt, während die jüngste voller Mitleid meinte: „Man kann ihn doch nicht wieder alleine und einsam abreisen lassen, ich heirate ihn.“ Und als ihre Schwestern sie fragten, ob sie mit so einem viel älteren Gemahl glücklich werden würde, soll sie mit dem überlieferten Satz geantwortet haben: *„Man muss nicht glücklich sein, man muss glücklich machen.“*

1879 fand die Hochzeit zwischen dem bereits über sechzigjährigen Wilhelm III. mit der erst zwanzig Jahre alten Emma zu Waldeck und Pyrmont statt. Das einzige Kind dieser Ehe, die Tochter Wilhelmine, wurde 1880 geboren. Als Wilhelm III. zehn Jahre später starb, führte Emma für ihre minderjährige Tochter und Thronfolgerin die Regierungsgeschäfte. Mit Wilhelmine, ihrer Tochter Juliana und deren Tochter Beatrix blieb die Thronfolge über drei Generationen weiblich und ist es nach König Wilhelm Alexander, dem drei Töchter geboren wurden, heute wiederum.

Heute glaubt niemand mehr, dass es einen Fluch gegeben hat, aber damals erklärte man so außergewöhnliche Ereignisse.

## Der dunkle Gang

Diese Erzählung bezieht sich auf die Zeit, als Kurfürst Christian II. (1583–1611), der mit Hedwig von Dänemark (1581–1641) verheiratet war, in Promnitz weilte. Wenn die Jagden in den wildreichen Wermsdorfer Forsten stattfanden, nahm der Kurfürst, von Dresden kommend, seinen Zwischenaufenthalt im 1603 neu erbauten Schloss Promnitz und war zu Gast bei Rudolph von Köckeritz und seiner Gemahlin Agnes von Schönberg. Erst 1610 wurde das Wermsdorfer Jagdschloss erbaut, das der Hof nun für seine Aufenthalte nutzte.

Die Legende vom dunklen Gang ist älter. Es ist über tausend Jahre her, als Slawen aus dem Osten kommend, auch die Gegend ums heutige Promnitz an der Elbe besiedelten. Auf einer höher gelegenen Sanddüne errichteten sie ihr Heiligtum, während sich ihre Schilf gedeckten Lehmhütten an den Ufern der Elbe duckten. Sie waren Fischer und überquerten den Fluss auf einfachen Booten und Flossen. Inzwischen fand die Osterweiterung des Frankenreiches und die Christianisierung der Slawen statt. Auf dem gegenüberliegenden Ufer der Elbe entstand ein Kloster, und eine Fähre sorgte für eine regelmäßige Verbindung. Die hier ansässiges Slawen nannten ihren Ort „Promnitz", was soviel wie „Ort an der Fähre" bedeutet. Wo einst das Heiligtum der Slawen stand, wurde nun zur Sicherung vor Einfällen der Polen und Hunnen und Aufständen der Slawen ein Burgward erbaut. Bestand er zunächst aus Holz, wurde daraus allmählich ein aus Feldsteinen erbauter Verteidigungsturm. Der erste Ritter, der mit einer kleinen Mannschaft im und am Turm hauste, nahm den Namen des Ortes „Promnitz" an. Sein Adelsgeschlecht lebte hier über 240 Jahre und hat den Turm immer wieder an- und ausgebaut, um standesgemäß wohnen zu können. Bei Hochwassern oder starken Eisgängen war ein Übersetzten der Elbe von Promnitz zum Kloster unmöglich. Wurde deshalb vielleicht ein sicherer Gang unter der Elbe gebaut? Diente er als Versorgungsverbindung zwischen Kloster und seinem Vorwerk in Promnitz oder auch gar als Fluchtweg? Die Legende, dass es einen Gang unter Elbe nach Riesa gebe, hat sich bis heute gehalten. Bei den anstehenden Bauarbeiten in Schloss Promnitz wird man auch dieser Legende auf den Grund gehen, und vielleicht werden Vermutungen zur Gewissheit!

*Marianne von Wolffersdorff,*
Bad Pyrmont, Sommer 2020